Oyinkan Braithwaite

MEINE SCHWESTER, DIE SERIENMÖRDERIN

Roman

Aus dem Englischen von
Yasemin Dinçer

Büchergilde Gutenberg

Die Originalausgabe mit dem Titel
My Sister, the Serial Killer
erschien zunächst 2017 als E-Book mit dem Titel *Thicker Than Water*
bei Qamina, Lagos, Nigeria und dann 2018 bei Doubleday,
a division of Penguin Random House LLC, New York, USA.

Die deutsche Erstausgabe erschien 2020 bei Blumenbar,
einer Marke der Aufbau Verlag GmbH & Co. KG.

Lizenzausgabe für die Mitglieder
der Büchergilde Gutenberg Verlagsgesellschaft mbH
Frankfurt am Main, Wien und Zürich
www.buechergilde.de
Mit freundlicher Genehmigung des Aufbau Verlages, Berlin
© Oyinkan Braithwaite, 2018
© Aufbau Verlag GmbH & Co. KG, Berlin 2020
(für die deutsche Ausgabe)
Einbandgestaltung: Franziska Neubert, Leipzig
Satz, Druck und Bindung: CPI books GmbH, Leck
Printed in Germany 2020
ISBN 978-3-7632-7213-6

Für meine Familie, die ich sehr liebe:
Akin, Tokunbo, Obafunke, Siji, Ore

WORTE

Ayoola ruft mich mit diesen Worten herbei: Korede, ich habe ihn umgebracht.

Ich hatte gehofft, diese Worte nie wieder zu hören.

BLEICHE

Ich wette, Ihnen war nicht bewusst, dass Bleiche den Geruch von Blut überdeckt. Die meisten Leute verwenden Bleiche ganz nach Belieben, da sie es für ein Allzweckmittel halten und sich nicht die Zeit nehmen, um die Liste mit den Inhaltsstoffen durchzulesen oder die kürzlich abgewischte Oberfläche noch einmal genauer zu betrachten. Bleiche desinfiziert, aber Rückstände lassen sich damit nicht so gut entfernen. Deshalb verwende ich sie erst dann, wenn ich das Badezimmer so lange geschrubbt habe, dass alle Spuren des Lebens, und des Todes, daraus verschwunden sind.

Das Zimmer, in dem wir uns befinden, wurde offensichtlich erst vor Kurzem renoviert. Es sieht aus wie noch nie benutzt, ganz besonders jetzt, nachdem ich fast drei Stunden mit Putzen verbracht habe. Am schwierigsten war es, an das Blut heranzukommen, das zwischen Dusche und Fuge gesickert war. Die Stelle vergisst man leicht.

Auf keiner der Oberflächen steht irgendetwas herum, sein Duschgel, seine Zahnbürste und Zahnpasta sind allesamt im Schrank über dem Waschbecken verstaut. Dann ist da noch die Badematte – ein schwarzer Smiley auf einem gelben Rechteck in einem ansonsten weißen Bad.

Ayoola sitzt mit angezogenen Beinen auf dem Klodeckel.

Das Blut auf ihrem Kleid ist getrocknet, es besteht also keine Gefahr, dass es auf den weißen, mittlerweile glänzenden Fußboden tropft. Ihre Dreadlocks sind auf ihrem Kopf aufgetürmt, damit sie nicht über den Boden schleifen. Sie blickt mich unverwandt aus ihren großen braunen Augen an, voller Angst, ich sei wütend und werde mich bald von Händen und Knien erheben, um ihr einen Vortrag zu halten.

Ich bin nicht wütend. Am ehesten bin ich müde. Der Schweiß tropft mir von der Stirn auf den Fußboden, und ich wische ihn mit dem blauen Schwamm fort.

Als sie mich anrief, wollte ich gerade essen. Ich hatte schon alles auf dem Tablett bereitgelegt – die Gabel links vom Teller, das Messer rechts. Ich hatte die Serviette zu einer Krone gefaltet und mitten auf dem Teller platziert. Der Film war beim Vorspann auf Pause gestellt, und der Ofen-Timer hatte gerade gepiepst, als mein Telefon auf dem Tisch wie wild zu vibrieren begann.

Bis ich nach Hause komme, wird das Essen kalt sein.

Ich stehe auf und spüle die Handschuhe ab, ziehe sie jedoch noch nicht aus. Ayoola blickt mich im Spiegel an.

»Wir müssen die Leiche wegbringen«, erkläre ich ihr.

»Bist du sauer auf mich?«

Ein normaler Mensch wäre vielleicht sauer, aber ich verspüre in diesem Augenblick nur das dringende Bedürfnis, diese Leiche loszuwerden. Als ich ankam, trugen wir ihn als Erstes in den Kofferraum meines Wagens, damit ich schrubben und wischen konnte, ohne dabei sein kaltes Starren ertragen zu müssen.

»Hol deine Tasche«, erwidere ich.

Wir kehren zum Wagen zurück, und er liegt noch immer im Kofferraum und wartet auf uns.

Auf der Third Mainland Bridge ist um diese Uhrzeit kaum bis gar kein Verkehr, und da es keine Straßenlaternen gibt, ist es fast stockdunkel, während man jenseits der Brücke die Lichter der Stadt sehen kann. Wir bringen ihn, wohin wir auch den Letzten gebracht haben – über die Brücke und hinein ins Wasser. Zumindest wird er dort nicht einsam sein.

Etwas von dem Blut ist in den Teppich des Kofferraums gesickert. Ayoola bietet aus schlechtem Gewissen an, ihn zu reinigen, aber ich nehme ihr meine selbst gemachte Mischung aus einem Löffel Ammoniak auf zwei Tassen Wasser aus der Hand und schütte sie über den Fleck. Ich weiß nicht, ob es in Lagos überhaupt die notwendige Technologie für eine umfassende Spurensicherung gibt, aber in jedem Fall könnte Ayoola niemals so effizient sauber machen wie ich.

DAS NOTIZBUCH

»Wer war er?«

»Femi.«

Ich schreibe den Namen auf. Wir sind in meinem Zimmer. Ayoola sitzt im Schneidersitz auf meinem Sofa, ihr Kopf ruht an der Rückenlehne. Während sie ein Bad nahm, habe ich das Kleid, das sie getragen hatte, verbrannt. Jetzt trägt sie ein rosarotes T-Shirt und riecht nach Babypuder.

»Und sein Nachname?«

Sie runzelt die Stirn und presst die Lippen zusammen, dann schüttelt sie den Kopf, als wollte sie den Namen zurück in den vorderen Teil ihres Gehirns befördern. Sie zuckt die Achseln. Ich hätte sein Portemonnaie an mich nehmen sollen.

Ich klappe das Notizbuch zu. Es ist klein, kleiner als meine Handfläche. Ich habe einmal ein TEDx-Video gesehen, in dem ein Mann erklärte, ein Notizbuch mit sich herumzutragen und jeden Tag einen glücklichen Moment festzuhalten, habe sein Leben verändert. Auf die erste Seite schrieb ich: *Ich habe eine weiße Eule vor meinem Schlafzimmerfenster gesehen.* Seither ist das Notizbuch so gut wie leer geblieben.

»Es ist nicht meine Schuld, weißt du.« Aber ich weiß es

nicht. Ich weiß nicht, was sie meint. Meint sie die Unfähigkeit, sich an seinen Nachnamen zu erinnern? Oder seinen Tod?

»Erzähl mir, was passiert ist.«

DAS GEDICHT

Femi hat ihr ein Gedicht geschrieben.

(An das Gedicht kann sie sich erinnern, aber nicht an seinen Nachnamen.)

Vergeblich wirst du versuchen,
einen Makel in ihrer Schönheit zu finden,
oder eine Frau hervorzubringen,
die an ihrer Seite stehen kann,
ohne zu welken.

Er überreichte es ihr auf einem doppelt gefalteten Blatt Papier, wie damals in der Schule, als die Kids in der hinteren Reihe des Klassenzimmers einander Liebesbriefchen zusteckten. Die ganze Angelegenheit rührte sie (allerdings ist Ayoola immer gerührt, wenn ihren Vorzügen gehuldigt wird), also willigte sie ein, seine Freundin zu werden.

An ihrem Einmonatigen erstach sie ihn im Badezimmer seiner Wohnung. Sie hatte das nicht gewollt, natürlich nicht. Er hatte sie wütend angeschrien und ihr dabei seinen heißen Zwiebelatem ins Gesicht geblasen.

(Aber warum hatte sie das Messer bei sich?)

Das Messer war zu ihrem Schutz. Bei Männern konnte

man nie wissen, sie wollten immer genau das, was sie wollten, und sie wollten es sofort. Sie hatte nicht vor, ihn umzubringen, sie wollte ihn lediglich warnen, aber er hatte keine Angst vor ihrer Waffe. Er war über einen Meter achtzig groß, und sie musste für ihn wie eine Puppe ausgesehen haben, mit ihrer zarten Statur, ihren langen Wimpern und ihren rosigen, vollen Lippen.

(Ihre Beschreibung, nicht meine.)

Sie tötete ihn mit dem ersten Stoß, der direkt ins Herz ging. Allerdings stach sie danach noch zweimal zu, um ganz sicherzugehen. Er sank zu Boden. Sie konnte ihren eigenen Atem hören, und sonst nichts.

LEICHE

Kennen Sie den schon? Kommen zwei Frauen in ein Zimmer. Das Zimmer ist in einer Wohnung. Die Wohnung ist im dritten Stock. In dem Zimmer liegt die Leiche eines erwachsenen Mannes. Wie bekommen sie die Leiche ins Erdgeschoss, ohne gesehen zu werden?

Erstens, sie suchen sich Hilfsmittel.

»Wie viele Laken brauchen wir?«

»Wie viele hat er?« Ayoola rannte aus dem Badezimmer und kehrte mit der Information zurück, in seinem Wäscheschrank befänden sich fünf Laken. Ich biss mir auf die Lippe. Wir brauchten eine ganze Menge, aber ich fürchtete, seiner Familie würde es auffallen, wenn er außer dem Laken auf seinem Bett kein weiteres mehr besäße. Bei einem durchschnittlichen Mann wäre das nichts allzu Ungewöhnliches – aber dieser Mann hier war akkurat. Sein Bücherregal war alphabetisch nach Autoren sortiert. Sein Badezimmer war mit der ganzen Palette an Putzmitteln ausgestattet; er kaufte sogar dieselbe Desinfektionsmittel-Marke wie ich. Und seine Küche glänzte. Ayoola wirkte hier fehl am Platz – ein Schandfleck in einem ansonsten lupenreinen Leben.

»Bring drei mit.«

Zweitens, sie wischen das Blut auf.

Ich nahm das Blut mit einem Handtuch auf, das ich über dem Waschbecken auswrang. Diesen Vorgang wiederholte ich, bis der Fußboden trocken war. Ayoola stand daneben und verlagerte das Gewicht von einem Fuß auf den anderen. Ich ignorierte ihre Ungeduld. Einen Körper zu beseitigen dauert wesentlich länger als eine Seele umzubringen, insbesondere wenn man keinerlei Hinweise auf ein Verbrechen hinterlassen will. Mein Blick wanderte jedoch immer wieder zurück zu dem zusammengesackten und gegen die Wand gestützten Leichnam. Ich würde keine gründliche Arbeit leisten können, solange seine Leiche nicht irgendwo anders war.

Drittens, sie verwandeln ihn in eine Mumie.

Wir breiteten die Laken auf dem mittlerweile getrockneten Fußboden aus, und sie rollte ihn darauf. Ich wollte ihn nicht anfassen. Unter seinem weißen T-Shirt konnte ich seinen gemeißelten Körper erkennen. Er sah aus wie ein Mann, der die ein oder andere Fleischwunde überleben könnte, aber das hatte für Achilles und Caesar auch gegolten. Es war eine Schande, dass der Tod seine breiten Schultern und konkaven Bauchmuskeln nach und nach aufzehren würde, bis nichts als Knochen übrig wären. Beim Betreten des Zimmers hatte ich zuerst dreimal nach seinem Puls gefühlt, und dann noch dreimal. Er hätte schlafen können, so friedlich sah er aus. Sein Kopf war tief gebeugt, sein Rücken gegen die Wand gekrümmt, seine Beine schief zu einer Seite ausgestreckt.

Unter Schnaufen und Keuchen schob Ayoola seine Leiche auf die Laken. Sie wischte sich den Schweiß von der Stirn und hinterließ dabei eine Blutspur. Sie legte eine Seite eines Lakens über ihn, um ihn zu verdecken. Dann half ich ihr, ihn umzudrehen und fest in die Laken einzuwickeln. Schließlich richteten wir uns auf und betrachteten ihn.

»Und jetzt?«, fragte sie.

Viertens, sie bringen die Leiche fort.

Wir hätten die Treppe nehmen können, aber ich stellte mir vor, wie wir jemandem begegneten, während wir etwas transportierten, das ganz eindeutig ein unbeholfen eingewickelter menschlicher Körper war. Ich legte mir ein paar mögliche Erklärungen zurecht:

»Wir spielen meinem Bruder einen Streich. Er schläft immer wie ein Stein, und wir tragen ihn schlafend woandershin.«

»Nein, nein, das ist kein echter Mann, für was halten Sie uns? Das ist eine Schaufensterpuppe.«

»Nein, Ma, das ist bloß ein Sack Kartoffeln.«

Ich malte mir aus, wie sich die Augen meines Phantasie-Zeugen vor Angst weiteten, während er oder sie sich schleunigst in Sicherheit brachte. Nein, die Treppe kam nicht infrage.

»Wir müssen den Aufzug nehmen.«

Ayoola öffnete den Mund, um etwas zu fragen, dann schüttelte sie den Kopf und schloss den Mund wieder. Sie hatte ihren Teil getan, den Rest überließ sie mir. Wir hievten ihn hoch. Ich hätte ihn aus den Knien und nicht aus dem Rücken heben sollen. Ich spürte ein Knacken und ließ mein Ende der Leiche mit einem dumpfen Aufschlag fallen. Meine Schwester verdrehte die Augen. Ich griff erneut nach seinen Füßen, und wir trugen ihn zur Tür.

Ayoola flitzte zum Aufzug, drückte auf den Knopf, rannte zu uns zurück und hob erneut Femis Schultern an. Ich spähte aus der Wohnung und versicherte mich, dass noch immer niemand auf dem Flur war. Ich war versucht, zu beten, darum zu bitten, keine der Türen möge aufgehen, während wir uns von der Wohnungstür zum Aufzug bewegten, aber ich bin mir ziemlich sicher, dass dies genau die Art von Gebet ist, die Er *nicht* erhört. Also setzte ich stattdessen auf Glück und Schnelligkeit. Geräuschlos schleiften wir Femi über den Steinfußboden. Der Aufzug kam gerade rechtzeitig und öffnete seinen Mund für uns. Wir blieben neben der Tür stehen, während ich überprüfte, dass der Aufzug wirklich leer war, dann hievten wir Femi hinein und packten ihn in eine Ecke, wo er nicht unmittelbar zu sehen war.

»Halt, bitte wartet!«, rief eine Stimme. Aus dem Augenwinkel sah ich, wie Ayoola auf den Knopf drücken wollte, der den Aufzug davon abhält, die Türen zu schließen. Ich schlug ihre Hand fort und drückte mehrmals auf den Knopf für das Erdgeschoss. Hinter der sich schließenden Aufzugtür erhaschte ich noch einen Blick auf das enttäuschte Gesicht einer jungen Mutter. Kurz überkam mich ein schlechtes Gewissen – in einem Arm trug sie ein Baby, im anderen mehrere Taschen –, aber es war nicht groß genug, um eine Festnahme zu riskieren. Außerdem, was wollte sie denn überhaupt mit einem Kind im Schlepptau um diese Uhrzeit draußen?

»Was sollte das?«, zischte ich Ayoola an, obwohl ich wusste, dass ihre Bewegung instinktiv erfolgt war, womöglich aus derselben Impulsivität heraus, die sie dazu gebracht hatte, das Messer ins Fleisch zu stoßen.

»Mein Fehler«, erwiderte sie knapp. Ich schluckte die Worte herunter, die mir aus dem Mund sprudeln wollten. Dies war nicht der richtige Zeitpunkt.

Im Erdgeschoss ließ ich Ayoola auf die Leiche aufpassen und dafür sorgen, dass der Aufzug blieb, wo er war. Falls irgendjemand käme, sollte sie die Tür schließen und ganz nach oben fahren. Falls jemand aus einem anderen Stock versuchte, den Aufzug zu rufen, sollte sie die Tür offenhalten. Ich rannte mein Auto holen und fuhr damit zur Hintertür des Hauses, dann trugen wir die Leiche hinaus. Mein Herz hörte erst auf, in meiner Brust zu hämmern, als wir den Kofferraum zumachten.

Fünftens, sie verwenden Bleiche.

KITTEL

Die Krankenhausverwaltung hat beschlossen, die Uniformen der Krankenschwestern zukünftig Pink statt Weiß zu halten, da das Weiß immer mehr nach geronnener Sahne aussah. Aber ich bleibe bei meiner weißen – sie sieht nach wie vor brandneu aus.

Tade fällt das auf.

»Was ist dein Geheimnis?«, fragt er mich und berührt den Saum meines Ärmels. Es fühlt sich an, als hätte er meine Haut berührt – Hitze strömt durch meinen Körper. Ich reiche ihm die Akte der nächsten Patientin und überlege fieberhaft, wie ich das Gespräch am Laufen halten kann, aber tatsächlich ist es einfach unmöglich, Reinigungstätigkeiten sexy klingen zu lassen – außer man reinigt einen Sportwagen. Im Bikini.

»Google ist dein Freund«, antworte ich.

Er lacht, ehe er einen Blick auf die Patientenakte wirft und stöhnt.

»Mrs Rotinu schon wieder?«

»Ich glaube, sie sieht Sie einfach gern, Herr Doktor.« Er blickt zu mir auf und grinst. Ich versuche, zurückzulächeln, ohne preiszugeben, dass mein Mund durch seine Aufmerksamkeit völlig ausgetrocknet ist. Beim Verlassen des Raumes schwinge ich meine Hüften so, wie Ayoola es gerne tut.

»Geht es dir gut?«, ruft er mir hinterher, als meine Hand nach dem Türknauf greift. Ich drehe mich zu ihm um.

»Hm?«

»Du läufst so komisch.«

»Oh, äh – ich habe mir einen Muskel gezerrt.« *Was für eine Schmach.* Ich öffne die Tür und verlasse eilig den Raum.

Mrs Rotinu sitzt auf einem unserer vielen Ledersofas im Empfangsbereich. Sie hat eins für sich allein und nutzt die überschüssige Sitzfläche, um ihre Handtasche und Kosmetiktasche neben sich zu platzieren. Als ich mich ihnen nähere, blicken alle Patienten auf, in der Hoffnung, sie seien nun an der Reihe. Mrs Rotinu pudert sich das Gesicht, hält jedoch inne, als ich vor sie trete.

»Ist der Doktor jetzt bereit, mich zu sehen?«, fragt sie. Ich nicke, und sie steht auf und klappt ihre Puderdose zu. Ich bedeute ihr, mir zu folgen, aber sie hält mich mit einer Hand auf meiner Schulter zurück: »Ich kenne den Weg.«

Mrs Rotinu hat Diabetes – Typ 2. Mit anderen Worten: Wenn sie sich richtig ernährt, etwas Gewicht verliert und rechtzeitig ihr Insulin nimmt, gibt es keinen Grund dafür, dass wir sie so oft zu Gesicht bekommen. Aber hier ist sie nun und hüpft beinahe auf Tades Sprechzimmer zu. Ich kann sie allerdings verstehen. Er hat diese Fähigkeit, einen anzusehen und einem das Gefühl zu geben, man sei das einzig Wichtige, solange seine Aufmerksamkeit auf einen gerichtet ist. Er schaut nicht weg, sein Blick wird nicht glasig, und er geht großzügig mit seinem Lächeln um.

Ich steuere also stattdessen den Empfangsschalter an und knalle mein Klemmbrett darauf, und zwar laut genug, um Yinka zu wecken, die es geschafft hat, mit offenen Augen einzuschlafen. Bunmi blickt mich mit gerunzelter Stirn an, da sie gerade am Telefon einen Termin vergibt.

»Was soll das, Korede? Du sollst mich doch nur wecken, wenn es brennt.«

»Das hier ist ein Krankenhaus und kein Bed and Breakfast.«

Als ich mich entferne, murmelt sie mir »Zicke« hinterher, aber ich ignoriere sie. Etwas anderes hat meine Aufmerksamkeit auf sich gezogen. Ich lasse die Luft durch die Zähne entweichen und mache mich auf die Suche nach Mohammed. Vor einer Stunde habe ich ihn in den dritten Stock geschickt, und da ist er natürlich auch noch und flirtet auf seinen Mopp gestützt mit Assibi mit dem langen, dauergewellten Haar und den bestürzend dichten Wimpern, einer weiteren Reinigungskraft. Als sie mich den Flur herunterkommen sieht, läuft sie hastig davon. Mohammed dreht sich zu mir um.

»Ma, ich wollte gerade – «

»Mir egal, was du gerade wolltest. Hast du die Fenster im Empfangsbereich mit heißem Wasser und einem Viertel Branntweinessig geputzt, wie ich dich drum gebeten habe?«

»Ja, Ma.«

»Okay ... zeig mir den Essig.« Er verlagert das Gewicht von einem Fuß auf den anderen und überlegt angestrengt, wie er sich aus der Lüge herauswinden soll, die er soeben erzählt hat. Es überrascht mich nicht, dass er keine Fenster putzen kann – ich kann ihn aus drei Metern Entfernung riechen, und es ist ein übler, verdorbener Geruch. Leider ist der Geruch einer Person kein Kündigungsgrund.

»Ich weiß nicht, woher ich welchen kriegen soll.«

Ich erkläre ihm den Weg zum nächsten Laden, woraufhin

er in Richtung Treppe losschlurft und seinen Eimer mitten im Flur stehenlässt. Ich rufe ihn zurück, damit er seine Sachen mitnimmt.

Als ich ins Erdgeschoss zurückkehre, ist Yinka schon wieder eingeschlafen – ihr Blick starrt ins Leere, so ähnlich wie bei Femi. Ich blinzele, um das Bild aus meinem Kopf zu bekommen, und wende mich an Bunmi.

»Ist Mrs Rotinu fertig?«

»Nein«, antwortet Bunmi. Ich seufze. Im Wartezimmer sitzen noch andere Menschen. Und all die Ärzte scheinen mit geschwätzigen Personen beschäftigt zu sein. Wenn es nach mir ginge, bekäme jeder Patient eine festgelegte Konsultationszeit zugeteilt.

DER PATIENT

Der Patient in Zimmer 313 heißt Muhtar Yautai.

Er liegt auf dem Bett, und seine Füße baumeln über den Rand. Er hat ganz schlaksige Glieder, und der Oberkörper, an dem sie hängen, ist ebenfalls ziemlich lang. Er war schon dünn, als er hier ankam, ist aber noch dünner geworden. Wenn er nicht bald aufwacht, wird er noch ganz und gar verkümmern.

Ich hole den Stuhl, der neben dem Tisch in der Zimmerecke steht, und stelle ihn wenige Zentimeter vor sein Bett. Dann setze ich mich und lasse den Kopf in die Hände sinken. Ich spüre Kopfschmerzen im Anmarsch. Eigentlich bin ich hergekommen, um ihm von Ayoola zu erzählen, aber nun scheine ich an nichts anderes denken zu können als an Tade.

»Ich … ich wünschte …«

Die Maschine, die sein Herz überwacht, gibt alle paar Sekunden ein beruhigendes Piepen von sich. Muhtar rührt sich nicht. Er ist seit mittlerweile fünf Monaten in diesem komatösen Zustand – er hatte einen Autounfall, bei dem sein Bruder hinter dem Lenkrad saß. Alles, was der Bruder für seine Bemühungen bekam, war ein Schleudertrauma.

Ich habe Muhtars Frau einmal kennengelernt, sie erinnerte mich an Ayoola. Nicht, dass sie unvergesslich ausgesehen hätte, aber sie schien vollkommen blind gegenüber allen Bedürfnissen außer ihren eigenen zu sein.

»Ist es nicht teuer, ihn so im Koma zu lassen?«, fragte sie mich.

»Wollen Sie den Stecker ziehen?«, erwiderte ich.

Sie reckte das Kinn, beleidigt von meiner Frage. »Es ist nur angemessen, dass ich erfahre, worauf ich mich einlasse.«

»Wenn ich es richtig verstanden habe, stammt das Geld aus seinem Vermögen …«

»Nun, ja … aber … ich … ich bin nur …«

»Hoffentlich erwacht er bald aus dem Koma.«

»Ja … hoffentlich.«

Aber seit diesem Gespräch ist eine Menge Zeit verstrichen, und der Tag rückt näher, an dem selbst seine Kinder der Ansicht sein werden, die lebenserhaltenden Maßnahmen abzuschalten sei für alle das Beste.

Bis dahin ist er mir ein großartiger Zuhörer und interessierter Freund.

»Ich wünschte, Tade würde mich sehen, Muhtar. Mich *wirklich* sehen.«

HITZE

Die Hitze ist erdrückend, weshalb wir unsere Kräfte schonen, indem wir uns so wenig wie möglich bewegen. Ayoola hat sich in ihrem pinkfarbenen Spitzen-BH und schwarzen Spitzen-Tanga auf meinem Bett ausgestreckt. Sie ist unfähig, praktische Unterwäsche zu tragen. Ein Bein baumelt auf der einen, ein Arm auf der anderen Seite herunter. Sie hat den Körper einer Musikvideo-Sexbombe, einer sündhaften Frau, eines Sukkubus. Er straft ihr engelsgleiches Gesicht Lügen. Hin und wieder seufzt sie, um mich wissen zu lassen, dass sie noch am Leben ist.

Ich habe den Klimaanlagentechniker angerufen, der beteuerte, er sei in zehn Minuten da. Das war vor zwei Stunden.

»Ich sterbe hier drinnen«, stöhnt Ayoola.

Unser Hausmädchen schlurft mit einem Ventilator in der Hand herein und platziert ihn vor Ayoola, als könnte sie den Schweiß nicht sehen, der mir das Gesicht hinunterläuft. Auf das laute Surren der Flügel folgt ein Luftschwall, und es wird ein klein wenig kühler im Zimmer. Ich lasse meine Beine vom Sofa rutschen und schleppe mich ins Badezimmer. Ich fülle das Waschbecken mit kaltem Wasser und befeuchte mir das Gesicht, während ich in das sich kräuselnde Wasser starre. Ich stelle mir eine Leiche vor, die davongetrieben wird.

Was würde Femi von seinem Schicksal halten, unter der Third Mainland Bridge zu verwesen?

Der Brücke jedenfalls ist der Tod nicht fremd.

Vor nicht allzu langer Zeit stürzte ein überfüllter Schnellbus von der Brücke in die Lagune. Es gab keine Überlebenden. Danach fingen die Busfahrer an, potenziellen Passagieren zuzurufen: »Direkt nach Osa! Direkt nach Osa!« Direkt in die Lagune! Auf direktem Weg in die Lagune!

Ayoola trottet herein und zieht sich das Höschen herunter. »Ich muss pinkeln.« Sie lässt sich auf die Klobrille plumpsen und seufzt erleichtert, als ihr Urin in die Keramikschüssel plätschert.

Ich ziehe den Stöpsel aus dem Waschbecken und gehe hinaus. Es ist zu heiß, um mich darüber zu beschweren, dass sie mein Badezimmer benutzt, oder sie darauf hinzuweisen, dass sie ihr eigenes hat. Es ist zu heiß zum Sprechen.

Ich lege mich aufs Bett, nutze Ayoolas Abwesenheit und schließe die Augen. Und da ist er. Femi. Sein Gesicht hat sich für immer in mein Gedächtnis eingebrannt. Mir drängt sich die Frage auf, wie er wohl gewesen ist. Den anderen war ich begegnet, ehe sie ihr Leben ließen, aber Femi war für mich ein Fremder.

Ich wusste, dass sie mit jemandem ausging, die Zeichen waren alle vorhanden: ihr kokettes Lächeln, die nächtlichen Gespräche. Ich hätte aufmerksamer sein sollen. Hätte ich ihn kennengelernt, wäre mir vielleicht jene Reizbarkeit aufgefallen, die er ihrer Behauptung nach besaß. Vielleicht hätte ich ihn ihr ausreden können, und wir hätten dieses Ende vermeiden können.

Ich höre im selben Augenblick die Toilettenspülung rauschen und Ayoolas Telefon neben mir vibrieren, was mich auf eine Idee bringt. Ihr Telefon ist passwortgeschützt, sofern man »1234« als Schutz bezeichnen kann. Ich wische mich durch ihre vielen Selfies, bis ich ein Bild von ihm finde. Sein Mund bildet eine feste Linie, aber seine Augen lachen. Ayoola ist auch auf dem Bild und sieht so reizend aus wie immer, aber seine Energie erfüllt das Display. Ich lächle zurück.

»Was machst du da?«

»Du hast eine Nachricht bekommen«, informiere ich sie und drücke rasch zurück zum Startbildschirm.

INSTAGRAM

#FemiDurandIsMissing hat sich rasant verbreitet. Insbesondere ein ganz bestimmter Post zieht eine Menge Aufmerksamkeit auf sich – der von Ayoola. Sie hat ein Bild gepostet, auf dem die beiden zu sehen sind, und dazu verkündet, sie sei die letzte Person, die ihn lebend zu Gesicht bekommen habe. Darunter hat sie gebeten, jeder, wirklich jeder solle sich melden, wenn er irgendeinen Hinweis habe.

Als sie dies postete, war sie in meinem Schlafzimmer, genau wie jetzt, erwähnte jedoch nicht, was sie vorhatte. Sie meint, sie wirke herzlos, wenn sie sich nicht dazu äußert, immerhin war er ihr Freund. Ihr Telefon klingelt, und sie geht dran.

»Hallo?«

Sekunden später tritt sie mich.

»Was zum –?«

Es ist Femis Mutter, formt sie mit den Lippen. Meine Knie werden weich. Woher hat sie bloß Ayoolas Nummer? Sie stellt das Telefon auf Lautsprecher.

»… Liebes, hat er dir gesagt, ob er noch irgendwo hinwollte?«

Ich schüttle heftig den Kopf.

»Nein, Ma. Ich bin ziemlich spät bei ihm los«, erwidert Ayoola.

»Er war am nächsten Tag nicht auf der Arbeit.«

»Hm … manchmal ging er nachts joggen, Ma.«

»Ich weiß, ich habe ihm immer und immer wieder gesagt, dass das zu gefährlich ist.« Die Frau am anderen Ende der Leitung beginnt zu weinen. Ihre Gefühlsregung ist so stark, dass ich ebenfalls weinen muss – ich gebe keinen Laut von mir, aber die Tränen, die mir gar nicht zustehen, brennen auf meiner Nase, meinen Wangen und Lippen. Auch Ayoola weint los. Wann immer ich weine, muss auch sie weinen, das ist schon immer so gewesen. Allerdings weine ich nur sehr selten, und das ist auch gut so. Ihr Weinen ist laut und unschön. Irgendwann verwandelt sich das Schluchzen in einen Schluckauf, und wir verstummen. »Bete weiter für meinen Jungen«, sagt die Frau heiser, ehe sie auflegt.

Ich gehe sogleich auf meine Schwester los. »Was zum Teufel stimmt bloß nicht mit dir?«

»Wieso?«

»Kannst du nicht erkennen, was du da angerichtet hast? Macht dir das etwa Spaß?« Ich greife nach einem Taschentuch und reiche es ihr, dann nehme ich mir selbst auch ein paar.

Ihr Blick verdüstert sich, und sie fängt an, ihre Dreadlocks zu zwirbeln.

»In letzter Zeit schaust du mich an, als wäre ich ein Monster.« Sie spricht so leise, dass ich sie kaum hören kann.

»Ich halte dich nicht für ein – «

»Du beschuldigst das Opfer, weißt du das?«

Opfer? Ist es reiner Zufall, dass Ayoola nie auch nur eine Schramme von den Vorfällen mit diesen Männern davongetragen hat, noch nicht einmal einen blauen Fleck? Was will sie von mir? Was soll ich sagen? Ich zähle die Sekunden, denn wenn ich mir für meine Antwort zu lange Zeit lasse, dann ist das selbst schon eine Antwort, aber ich werde durch das Knarren der Zimmertür erlöst. Mum tritt ein, wobei sie mit einer Hand ihr halb gebundenes Gèlè festhält.

»Halt das mal.«

Ich stehe auf und nehme den losen Teil des Gèlès. Sie stellt sich so hin, dass sie sich in meinem Standspiegel betrachten kann. Ihre winzigen Augen blicken auf ihre breite Nase und ihre fetten Lippen, die für ihr schmales, ovales Gesicht zu groß sind. Der rote Lippenstift, den sie aufgetragen hat, betont die Größe ihres Mundes noch zusätzlich. Ich sehe ihr zum Verwechseln ähnlich. Wir teilen uns sogar einen Schönheitsfleck unter dem linken Auge, und die Ironie ist mir durchaus bewusst. Ayoolas Anmut ist ein Phänomen, das meine Mutter überraschte. Sie war so dankbar, dass sie vergaß, sich weiter um einen Jungen zu bemühen.

»Ich gehe zur Hochzeit von Sopes Tochter. Ihr beide solltet mitkommen. Vielleicht lernt ihr dort jemanden kennen.«

»Nein, danke«, erwidere ich steif.

Ayoola schüttelt lächelnd den Kopf. Mum runzelt im Spiegel die Stirn.

»Korede, du weißt, dass deine Schwester geht, wenn du gehst. Willst du etwa nicht, dass sie heiratet?« Als ob Ayoola auf irgendjemanden hören würde. Ich beschließe, weder auf die unlogische Aussage meiner Mutter zu reagieren noch darauf hinzuweisen, dass sie weit mehr an Ayoolas Eheglück interessiert ist als an meinem. Als wäre die Liebe nur etwas für schöne Menschen.

Immerhin hat sie selbst keine Liebe erfahren. Was sie hatte, war einen Vater, der Politiker war, weshalb sie sich schließlich einen Mann angeln konnte, der ihre Ehe als Mittel zum Zweck ansah.

Das Gèlè ist fertig, ein Meisterwerk auf dem kleinen Kopf meiner Mutter. Sie dreht und wendet ihren Kopf in alle Richtungen, ehe sie die Stirn runzelt, da sie trotz Gèlè, teurem Schmuck und fachkundig aufgetragenem Make-up mit ihrem Aussehen unglücklich ist.

Ayoola steht auf und gibt ihr einen Kuss auf die Wange. »Na, du siehst aber elegant aus«, meint sie. Sobald es ausgesprochen ist, wird es wahr – unserer Mutter schwillt die Brust vor Stolz, sie reckt das Kinn und strafft die Schultern. Jetzt geht sie zumindest als würdevolle Witwe durch. »Darf ich ein Bild von dir machen?«, fragt Ayoola und zieht ihr Telefon hervor.

Mum wirft sich unter Ayoolas Anweisungen in gefühlt Hundert Posen, danach scrollen sie auf dem Display durch ihr Werk und wählen das Bild aus, mit dem sie zufrieden sind – darauf ist meine Mum im Profil zu sehen, eine Hand in der Hüfte, den Kopf lachend zurückgeworfen. Es ist ein hübsches Foto. Ayoola tippt auf ihrem Telefon herum und kaut dabei auf ihrer Lippe.

»Was machst du?«

»Ich poste es auf Instagram.«

»Bist du wahnsinnig? Oder hast du deinen letzten Post schon vergessen?«

»Was war ihr letzter Post?«, wirft Mum ein.

Mir jagt ein Schauer über den Rücken. Wie so oft in letzter Zeit. Ayoola antwortet.

»Ich … Femi ist verschwunden.«

»Femi? Dieser nette Junge, mit dem du dich getroffen hast?«

»Ja, Mum.«

»Jésù ṣàánú fún wa! Wieso hast du mir das nicht erzählt?«

»Ich ... ich ... stand unter Schock.«

Mum eilt hinüber zu Ayoola und nimmt sie fest in den Arm.

»Ich bin deine Mum, du musst mir alles erzählen. Hast du das verstanden?«

»Ja, Ma.«

Aber selbstverständlich kann sie das nicht. Sie kann ihr nicht alles erzählen.

VERKEHR

Ich sitze in meinem Auto, fummle am Radioknopf herum und wechsele von einem Sender zum nächsten, weil es ansonsten nichts zu tun gibt. Der Verkehr macht dieser Stadt schwer zu schaffen. Es ist erst viertel nach fünf Uhr morgens, aber mein Wagen ist nur einer von vielen, die auf der Straße zusammengepfercht stehen, ohne voranzukommen. Mein Fuß ist schon müde vom vielen Bremsen und Gasgeben.

Als ich meinen Blick vom Radio löse, begegnet er unbeabsichtigt dem eines der LASTMA-Beamten, die auf der Suche nach dem nächsten unglückseligen Opfer um die Autoschlange herumlungern. Er saugt die Wangen ein, runzelt die Stirn und kommt auf mich zu.

Das Herz rutscht mir bis in die Kniekehle, aber ich habe keine Zeit, es wieder hochzuholen. Ich umklammere das Lenkrad fest, damit meine Hand nicht zittert. Ich weiß, dass das hier nichts mit Femi zu tun hat. Es kann gar nichts mit Femi zu tun haben. Dafür ist die Polizei in Lagos nicht einmal annähernd effizient genug. Jene, die unsere Straßen sicher machen sollen, verbringen die meiste Zeit damit, den Bürgern das Geld abzuzapfen, um ihr mageres Gehalt aufzubessern. Nie im Leben könnten sie uns bereits auf der Spur sein.

Außerdem ist das hier ein LASTMA-Mann. Seine wichtigste Aufgabe, seine Daseinsberechtigung: Personen aufzuspüren, die über eine rote Ampel fahren. Damit versuche ich mich zumindest zu beruhigen, während mir langsam schlecht wird.

Der Mann klopft an mein Fenster. Ich kurble es ein paar Zentimeter herunter – weit genug, um ihn nicht zu verärgern, aber nicht so weit, dass er die Hand hindurchschieben und meine Tür aufmachen könnte.

Er stützt sich auf meinem Autodach ab und beugt sich vor, als wären wir Freunde, die gleich ein zwangloses Gespräch unter vier Augen führen würden. Sein gelbes Hemd und die braunen Khakihosen sind so stocksteif gestärkt, dass nicht einmal der heftige Wind den Stoff kräuseln kann. Eine ordentliche Uniform bringt den Respekt ihres Besitzers für seinen Beruf zum Ausdruck, oder zumindest sollte sie das. Seine Augen sind dunkel, zwei Brunnen in einer riesigen Wüste – er ist fast so hellhäutig wie Ayoola. Er riecht nach Menthol.

»Wissen Sie, warum ich Sie angehalten habe?«

Ich bin versucht, ihn darauf hinzuweisen, es sei der Stau gewesen, der mich angehalten habe, aber die Vergeblichkeit meiner Lage ist allzu eindeutig. Ich habe keine Möglichkeit zu fliehen.

»Nein, Sir«, erwidere ich so lieblich ich kann. Wenn man uns auf der Spur wäre, würde man ganz bestimmt nicht die LASTMA schicken, und nicht ausgerechnet hierher. Ganz bestimmt …

»Ihr Sicherheitsgurt. Sie haben sich nicht angeschnallt.«

»Oh …« Ich gestatte mir, Luft zu holen. Die Autos vor mir rücken ein paar Zentimeter voran, aber ich muss an Ort und Stelle bleiben.

»Führerschein und Fahrzeugpapiere, bitte.« Ich bin unwillig, diesem Mann meinen Führerschein zu geben. Das wäre genauso töricht, wie ihn in mein Auto zu lassen – dann hätte nämlich er das Sagen. Da ich nicht sofort reagiere, versucht er, meine Tür zu öffnen, und knurrt, als er sie verriegelt vorfindet. Er richtet sich auf, und jeder Anflug von Vertrautheit ist mit einem Mal davongeblasen. »Madam, Führerschein und Fahrzeugpapiere habe ich gesagt!«, bellt er.

An einem ganz gewöhnlichen Tag würde ich mich wehren, aber ich darf gerade keine Aufmerksamkeit auf mich ziehen, nicht, während ich das Auto fahre, das Femi an seine letzte Ruhestätte befördert hat. Meine Gedanken wandern zu dem Ammoniakfleck im Kofferraum.

»Oga«, sage ich mit aller Ehrerbietung, die ich aufbringen kann. »Nicht böse sein. War ein Fehler. Wird nicht wieder vorkommen.« Meine Worte klingen eher wie seine Worte. Gebildete Frauen verärgern Männer wie ihn, also bemühe ich mich, in ganz einfachem Englisch zu sprechen, vermute aber, dass dies meine Erziehung nur noch eindeutiger verrät.

»Frau, machen Sie die Tür auf!«

Um mich herum schieben die Wagen sich weiter voran. Manche Insassen werfen mir einen mitfühlenden Blick zu, aber niemand hält an, um zu helfen.

»Oga, bitte lassen Sie uns reden. Wir können uns doch sicher verständigen.« Mein Stolz hat sich von mir verabschiedet. Aber was kann ich dagegen tun? In jeder anderen Situation könnte ich diesen Mann als den Kriminellen bezeichnen, der er ist, aber Ayoolas Taten haben mich vorsichtig werden lassen. Der Mann verschränkt die Arme, unzufrieden, aber bereit, mich anzuhören. »Ich will nicht lügen, viel Geld hab ich nicht. Aber wenn Sie – «

»Haben Sie mich nach Geld fragen hören?«, will er wissen und pfriemelt erneut am Türgriff herum, als wäre ich dumm genug, die Tür zu entriegeln. Er richtet sich wieder auf und stemmt die Hände in die Hüften. »Oya, parken Sie!«

Ich klappe den Mund auf und wieder zu. Ich blicke ihn einfach nur an.

»Machen Sie die Tür auf. Oder wir schleppen Ihr Auto zur Wache ab, und dann regeln wir's da.« Mein Puls hämmert in meinen Ohren. Ich kann nicht riskieren, dass sie das Auto durchsuchen.

»Oga abeg, wir können das doch sicher unter uns klären.« Meine Bitte klingt schrill. Er nickt, blickt sich um und beugt sich dann erneut vor.

»Schlagen Sie was vor.«

Ich hole dreitausend Naira aus meiner Geldbörse und hoffe, dass die Summe genügt und er sie rasch annimmt. Seine Augen leuchten auf, aber er runzelt die Stirn.

»Sie meinen's nicht ernst.«

»Oga, wie viel sollen's denn sein?«

Er fährt sich mit der Zunge über die Lippen und hinterlässt dort einen großen Klecks Spucke, der mir nun entgegenglitzert. »Seh ich aus wie ein kleines Kind?«

»Nein, Sir.«

»Also geben Sie mir, was ein großer Mann braucht.«

Ich seufze. Mein Stolz winkt mir noch ein letztes Mal zu, während ich weitere zweitausend hinzufüge. Er nimmt mir die Scheine ab und nickt feierlich.

»Schnallen Sie sich an, verdammt, und fahren Sie nie wieder ohne Gurt.«

Er schlendert davon, und ich schnalle mich an. Irgendwann lässt auch das Zittern nach.

EMPFANG

Ein Mann betritt das Krankenhaus und geht schnurstracks auf den Empfangsschalter zu. Er ist klein, was er allerdings durch seinen Körperumfang wettmacht. Er stürzt auf uns zu, und ich wappne mich für den Aufprall.

»Ich habe einen Termin!«

Yinka beißt die Zähne zusammen und schenkt ihm ihr strahlendstes Lächeln. »Guten Morgen, Sir, dürfte ich Ihren Namen erfahren?«

Er schleudert ihr den Namen entgegen, und sie sieht in den Akten nach, blättert gemächlich eine Seite nach der anderen durch. Yinka lässt sich nicht hetzen, sie wird absichtlich langsamer, wenn man ihr auf die Nerven geht. Bald trommelt der Mann mit den Fingern, dann mit den Füßen. Sie blickt auf und sieht ihn durch ihre Wimpern hindurch an, dann senkt sie den Blick wieder und setzt ihre Suche fort. Er beginnt, seine Backen aufzublasen, gleich wird er explodieren. Ich erwäge, einzuschreiten und die Situation zu retten, aber von einem Patienten angeschrien zu werden, könnte Yinka einmal ganz gut tun, also lehne ich mich in meinem Stuhl zurück und beobachte die Szene.

Mein Telefon leuchtet auf, und ich werfe einen Blick darauf. Ayoola. Sie ruft nun schon zum dritten Mal an, aber ich bin nicht in der Stimmung, mit ihr zu reden. Vielleicht meldet sie sich, weil sie einen weiteren Mann frühzeitig in sein Grab gebracht hat, oder vielleicht will sie auch nur fragen, ob ich auf dem Heimweg Eier kaufen kann. Wie dem auch sei, ich gehe nicht dran.

»Ah, hier ist sie ja«, ruft Yinka, obgleich ich gesehen habe, wie sie genau diese Akte bereits zweimal in der Hand gehalten und ihre Suche trotzdem fortgesetzt hatte. Der Mann atmet mit einem Schnaufen aus.

»Sir, Sie kommen dreißig Minuten zu spät zu Ihrem Termin.«

»Ehen – *na und*?«

Nun muss sie einmal tief ausatmen.

An diesem Morgen ist weniger los als üblich. Von unserem Platz aus können wir alle Personen sehen, die im Wartebereich sitzen. Dieser ist bogenförmig, der Empfangsschalter und die Sofas blicken auf den Eingang sowie einen großen Fernseher. Würden wir das Licht dimmen, hätten wir hier ein Privatkino. Die Sofas leuchten in einem kräftigen Burgunderrot, aber das sind die einzigen Farbkleckse. (Der Innenarchitekt wollte hier niemandes Horizont erweitern.) Hätten Krankenhäuser eine Flagge, dann wäre diese weiß – das universale Zeichen für Kapitulation.

Ein Kind rennt aus dem Spielzimmer zu seiner Mum und dann wieder zurück. Niemand sonst wartet darauf, ins Sprechzimmer gerufen zu werden, außer dem Mann, der Yinka gerade gehörig auf die Nerven geht. Sie streicht sich eine Locke ihres Monrovia-Haars aus der Stirn und starrt ihn an.

»Haben Sie heute etwas gegessen, Sir?«

»Nein.«

»Okay, gut. Ihrer Patientenakte zufolge hatten Sie schon eine Weile keinen Blutzuckertest mehr. Möchten Sie, dass wir einen durchführen?«

»Ja. Tragen Sie es ein. Wie viel macht das?« Sie nennt ihm den Preis, und er zischt.

»Sie sind wirklich dumm. Abeg, wozu brauche ich das? Ihr Leute nennt doch sowieso immer irgendeinen Preis, als würdet ihr einem die Rechnung bezahlen!«

Yinka wirft einen Blick in meine Richtung. Ich weiß, dass sie sich vergewissert, ob ich noch da bin, sie noch immer beobachte. Sie weiß, dass sie gezwungen sein wird, sich meinen perfekt einstudierten Vortrag über Kodex und Kultur von St. Peter's anzuhören, wenn sie sich danebenbenimmt. Sie lächelt mit zusammengebissenen Zähnen.

»Dann also keinen Blutzuckertest, Sir. Bitte nehmen Sie Platz, ich werde Ihnen Bescheid geben, wenn der Arzt bereit ist, Sie zu empfangen.«

»Sie meinen, ich bin noch nicht dran?«

»Nein. Unglücklicherweise sind Sie mittlerweile …«, sie blickt auf ihre Armbanduhr, »vierzig Minuten zu spät, also werden Sie warten müssen, bis der Arzt einen freien Termin hat.«

Der Mann schüttelt knapp den Kopf, sucht sich dann einen Platz und starrt auf den Fernseher. Nach einer Minute bittet er uns, den Sender zu wechseln. Yinka murmelt leise Flüche vor sich hin, die nur von den gelegentlichen Freudenschreien des Kindes im sonnigen Spielzimmer und dem Fußballkommentar im Fernsehen überdeckt werden.

TANZEN

Aus Ayoolas Zimmer dringt Musik. Sie hört Whitney Houstons »I Wanna Dance with Somebody«. Angemessener wäre es, Brymo oder Lorde zu spielen, irgendetwas Feierliches oder Sehnsuchtsvolles, anstelle dieses musikalischen Äquivalents zu einer Packung M&Ms.

Eigentlich möchte ich duschen, mir den Geruch des Krankenhausdesinfektionsmittels von der Haut waschen, aber stattdessen öffne ich die Tür. Sie bemerkt meine Anwesenheit nicht – sie hat mir den Rücken zugekehrt und schwingt ihre Hüfte von einer Seite zur anderen, ihre nackten Füße streichen über den weißen Fellteppich, während sie hierhin und dorthin tritt. Ihre Bewegungen sind in keiner Weise rhythmisch; es sind die Bewegungen eines Menschen, der weder von Zuschauern noch von der eigenen Verlegenheit gehemmt wird. Vor wenigen Tagen erst haben wir einen Mann an das Meer übergeben, aber hier ist sie nun und tanzt.

Ich lehne mich gegen den Türrahmen und beobachte sie, versuche und scheitere daran, zu verstehen, wie es in ihrem Kopf aussieht. Sie bleibt für mich genauso rätselhaft wie das komplizierte »Kunstwerk«, mit dem ihre Wände beschmiert sind. Sie hatte einmal einen Künstlerfreund, der die kräftigen schwarzen Striche über die Tünche gemalt hat. Sie wirken fremd in diesem verspielten Zimmer mit seinen weißen Möbeln und Plüschtieren. Er hätte besser einen Engel oder eine Fee malen sollen. Ich merkte damals, dass er hoffte, sein großzügiges Geschenk und sein künstlerisches Talent würden ihm einen Platz in ihrem Herzen oder zumindest einen Platz in ihrem Bett sichern, aber er war klein und hatte Zähne, die sich kreuz und quer in seinem Mund drängten. Also bekam er lediglich ein Kopftätscheln und eine Dose Cola.

Sie beginnt zu singen, es klingt schief. Ich räuspere mich. »Ayoola.«

Sie dreht sich zu mir um, ohne ihren Tanz zu unterbrechen, ihr Lächeln wird breiter. »Wie war es bei der Arbeit?«

»Es war in Ordnung.«

»Cool.« Sie wackelt mit den Hüften und beugt die Knie. »Ich habe dich angerufen.«

»Ich war beschäftigt.«

»Wollte kommen und dich zum Mittagessen ausführen.«

»Danke, aber ich esse meistens im Krankenhaus zu Mittag.«

»Okay o.«

»Ayoola«, versuche ich es sanft noch einmal.

»Hmmm?«

»Vielleicht sollte ich das Messer an mich nehmen.«

Sie verlangsamt ihre Bewegungen, bis sie sich nur noch von einer Seite auf die andere wiegt und dabei gelegentlich einen Arm schwingen lässt. »Was?«

»Ich sagte, vielleicht sollte ich das Messer an mich nehmen.«

»Wieso?«

»Nun ja … du brauchst es nicht.«

Sie denkt über meine Worte nach. Dafür benötigt sie so lange, wie es dauert, Papier zum Brennen zu bringen.

»Nein, danke. Ich denke, ich werde es behalten.« Sie erhöht das Tempo ihres Tanzes, wirbelt fort von mir. Ich beschließe, es auf andere Weise zu probieren. Ich greife nach ihrem iPod und mache die Musik leiser. Sie blickt mich erneut an und runzelt die Stirn. »Was ist denn noch?«

»Weißt du, es ist keine gute Idee, dass du es bei dir hast, falls die Polizei jemals das Haus durchsucht. Du könntest es einfach in die Lagune werfen und damit das Risiko verringern, geschnappt zu werden.«

Sie verschränkt die Arme und verengt die Augen zu Schlitzen. Wir starren uns einen Moment lang an, dann seufzt sie und lässt die Arme sinken.

»Das Messer ist mir wichtig, Korede. Es ist alles, was ich noch von ihm habe.«

Würde sie diesen Anfall von Sentimentalität irgendjemand anderem vorführen, würden ihre Worte womöglich ins Gewicht fallen. Aber mich kann sie nicht täuschen. Es ist mir ein Rätsel, zu wie viel Gefühl Ayoola überhaupt fähig ist.

Ich frage mich, wo sie das Messer versteckt. Ich bekomme es nie zu Gesicht, abgesehen von jenen Momenten, wenn ich auf die blutige Leiche vor mir herunterblicke, und manchmal nicht einmal dann. Aus irgendeinem Grund kann ich mir nicht vorstellen, dass sie auch dann jemanden erstechen würde, wenn sie nicht dieses spezielle Messer zur Hand hätte, fast so, als wäre es gar nicht sie, sondern das Messer, das die Männer umbringt. Und ist das denn auch wirklich so schwer zu glauben? Wer sagt denn, dass ein Gegenstand keine eigenen Pläne haben kann? Oder dass die kollektiven Pläne seiner ehemaligen Besitzer nicht noch immer seinen Zweck bestimmen?

VATER

Ayoola hat das Messer von ihm geerbt (und mit »geerbt« meine ich, sie hat es sich aus seinen Sachen genommen, kaum dass er unter der Erde war). Es erschien verständlich, dass sie es an sich nahm, denn es war der Gegenstand, auf den er am stolzesten war.

Er bewahrte es in seiner Scheide in einer abgeschlossenen Schublade auf, holte es jedoch jedes Mal hervor, wenn wir Gäste hatten, vor denen er damit angeben konnte. Dann hielt er die zweiundzwanzig Zentimeter lange gebogene Klinge zwischen den Fingern und lenkte die Aufmerksamkeit der Zuschauer auf die schwarzen kommaartigen Markierungen, die in den blassen Knochengriff geritzt und gedruckt waren. Zu der Präsentation gab es meist auch eine Geschichte.

Manchmal war das Messer ein Geschenk eines Kollegen von der Universität namens Tom, das er bekommen hatte, weil er Tom bei einem Bootsunfall das Leben gerettet hatte. An anderen Tagen hatte er das Messer einem Soldaten aus der Hand gerissen, der ihn damit hatte töten wollen. Zuletzt – sein persönlicher Favorit – war das Messer eine Anerkennung für ein Geschäft, das er mit einem Scheich abgeschlossen hatte. Dieses Geschäft sei so erfolgreich gewesen, dass er die Wahl gehabt habe zwischen der Tochter des Scheichs und dem letzten Messer, das von einem längst verstorbenen Handwerker angefertigt worden war. Die Tochter schielte, also nahm er das Messer.

Diese Geschichten waren die einzigen Gutenachtgeschichten, die wir je erzählt bekamen. Und wir genossen den Augenblick, wenn er das Messer mit einer schwungvollen Geste hervorzog, und seine Gäste instinktiv zurückwichen. Dann lachte er immer und ermunterte sie, die Waffe genauer zu betrachten. Während sie ihre Oohs und Aahs ausstießen, nickte er und schwelgte in ihrer Bewunderung. Unweigerlich stellte irgendjemand die Frage, auf die er gewartet hatte: »Woher haben Sie es?«, und er betrachtete das Messer, als sähe er es zum ersten Mal, drehte es, bis sich das Licht darin spiegelte, und setzte dann zu der jeweiligen Geschichte an, die ihm für sein Publikum am besten geeignet erschien.

Wenn die Gäste gegangen waren, polierte er das Messer sorgfältig mit einem Lappen und einem Fläschchen Rotoröl und wischte dabei die Erinnerung an die Hände ab, die es berührt hatten. Ich sah oft zu, wie er ein paar Tropfen Öl aus der Flasche quetschte und die Klinge mit sanften, kreisenden Bewegungen seiner Finger damit einrieb. Das war die einzige Gelegenheit, bei der ich jemals Zärtlichkeit an ihm beobachten konnte. Er ließ sich Zeit und nahm von meiner Anwesenheit kaum Notiz. Wenn er aufstand, um das Öl von der Klinge zu spülen, verschwand ich. Das war zwar längst noch nicht das Ende des Reinigungsrituals, aber ich hielt es für ratsam, fort zu sein, ehe es vorüber war, falls seine Laune währenddessen kippte.

Einmal, als sie dachte, er sei den ganzen Tag unterwegs, betrat Ayoola sein Arbeitszimmer und fand seine Schreibtischschublade unverschlossen vor. Sie nahm das Messer heraus, um es zu betrachten, und beschmierte es dabei mit der Schokolade, die an ihren Fingern klebte. Sie war noch im Zimmer, als er zurückkam. Er zerrte sie schreiend an den Haaren heraus. Ich tauchte gerade rechtzeitig auf, um mitanzusehen, wie er sie quer durch den Flur schleuderte.

Es überrascht mich nicht, dass sie das Messer an sich genommen hat. Wäre es mir vor ihr eingefallen, hätte ich mit einem Hammer darauf eingeschlagen.

MESSER

Vielleicht verwahrt sie es unter ihrem Queen-Size-Bett oder in ihrer Kommode? Womöglich ist es in dem Haufen Klamotten versteckt, die sie in ihren begehbaren Kleiderschrank gestopft hat? Ihr Blick folgt meinem, während ich ihn durch das Schlafzimmer schweifen lasse.

»Du denkst aber nicht daran, dich hier reinzuschleichen und es dir zu nehmen, oder?«

»Ich verstehe nicht, wozu du es brauchst. Es ist gefährlich, es im Haus zu haben. Gib es mir, und ich kümmere mich darum.«

Mit einem Seufzen schüttelt sie den Kopf.

ĒFŌ

Ich habe so gut wie nichts von meinem Vater, was das Aussehen angeht. Wenn ich dagegen meine Mutter betrachte, sehe ich mein zukünftiges Selbst, auch wenn wir ansonsten kaum unterschiedlicher sein könnten.

Sie ist auf dem Wohnzimmersofa im Erdgeschoss gestrandet und liest einen Mills-&-Boon-Roman, eine Geschichte über die Art von Liebe, die sie selbst nie erfahren hat. Neben ihr sitzt Ayoola vorgebeugt auf einem Sessel und scrollt durch ihr Telefon. Ich gehe an ihnen vorbei und will gerade die Tür zur angrenzenden Küche öffnen.

»Kochst du etwas?«, fragt meine Mum.

»Ja.«

»Korede, jetzt bring es deiner Schwester auch endlich bei. Wie soll sie sich um ihren Ehemann kümmern, wenn sie nicht kochen kann?«

Ayoola zieht eine Schnute, sagt aber nichts. Sie hat eigentlich nichts dagegen, sich in der Küche aufzuhalten. Sie probiert gern alles, was sie zu Gesicht bekommt.

Bei uns zu Hause kochen hauptsächlich das Hausmädchen und ich; meine Mutter kocht auch, aber nicht mehr so häufig wie damals, als er noch am Leben war. Ayoola dagegen – nun, ich bin gespannt, ob sie irgendetwas hinbekommt, das anstrengender ist, als eine Scheibe Brot in den Toaster zu stecken.

»Klar«, erwidere ich, als Ayoola aufsteht, um mir zu folgen.

Das Hausmädchen hat alles vorbereitet, was ich benötigen werde, und die Zutaten bereits gewaschen und klein-geschnitten auf die Küchentheke gestellt. Ich mag sie. Sie ist ordentlich und hat eine ruhige Art, aber was noch wichtiger ist, sie weiß nichts über ihn. Nach seinem Tod entließen wir unser gesamtes Personal, aus »praktischen« Gründen. Ein Jahr lang hatten wir gar keine Hilfe, was in einem Haus von dieser Größe schwieriger ist, als es sich anhört.

Das Hühnchen kocht bereits. Ayoola hebt den Deckel an, so dass der Geruch entweicht, getränkt mit Fett und Maggi. »Mmm.« Sie saugt den Duft ein und befeuchtet ihre Kirsch-lippen. Das Hausmädchen läuft rot an. »Probieren Sie mal!«

»Danke, Ma.«

»Vielleicht sollte ich dir helfen, zu kosten, ob es fertig ist«, schlägt Ayoola lächelnd vor.

»Vielleicht könntest du auch helfen, indem du den Spinat hackst.«

Ayoola wirft einen Blick auf all die vorbereiteten Zutaten. »Na, aber der ist doch schon gehackt.«

»Ich brauche noch mehr.«

Das Hausmädchen will eilig mehr Spinat holen gehen, aber ich rufe sie zurück. »Nein, das soll Ayoola machen.«

Ayoola seufzt theatralisch, holt aber den Spinat aus der Vorratskammer. Sie nimmt ein Messer in die Hand, und unwillkürlich muss ich an Femi denken, wie er zusammen-gesunken im Badezimmer liegt, seine Hand nicht weit von der Wunde, als hätte er versucht, den Blutverlust zu stop-pen. Wie lange dauerte es, bis er tot war? Ihr Griff ist locker, und die Klinge nach unten gerichtet. Sie hackt den Spinat schnell und ungleichmäßig, schwingt das Messer, wie ein Kind es tun würde, ohne sich darum zu scheren, wie das Ergebnis aussehen wird. Ich bin versucht, sie zu unterbrechen. Das Hausmädchen verkneift sich das Lachen. Ich habe den Verdacht, dass Ayoola sich extra Mühe gibt, mich zu entnerven.

Ich beschließe, sie zu ignorieren, und gieße stattdessen Palmöl in einen Topf und gebe Zwiebeln und Paprika hinzu, die bald zu braten beginnen.

»Ayoola, passt du auf?«

»Mm-hmm«, gibt sie zur Antwort, während sie sich gegen die Küchentheke lehnt und mit einer Hand wild auf ihrem Telefon herumtippt. In der anderen hält sie noch immer das Küchenmesser. Ich gehe zu ihr, befreie den Griff aus ihren Fingern und nehme ihr das Messer ab. Sie blinzelt.

»Bitte konzentriere dich. Als Nächstes fügen wir die Tàtàsé hinzu.«

»Verstanden.«

Sobald ich ihr den Rücken zugekehrt habe, höre ich erneut den Tastenton ihres Telefons. Ich möchte darauf reagieren, habe aber das Palmöl zu lange auf dem Herd gelassen, und nun spuckt und zischt es mich an. Ich drehe die Flamme herunter und beschließe, meine Schwester vorübergehend zu vergessen. Wenn sie etwas lernen möchte, dann wird sie es auch.

»Was machen wir noch mal?«

Ernsthaft?

»Èfó«, antwortet das Hausmädchen.

Ayoola nickt feierlich und hält ihr Telefon über den Topf mit dem siedenden Èfó, gerade als ich den Spinat hinzugebe.

»Hey, Leute, Èfó wird hochgeladen!«

Für einen Moment erstarre ich mit dem Spinat in der Hand. Kann es wirklich sein, dass sie Videos bei Snapchat hochlädt? Dann schüttele ich mich aus meiner Trance. Ich nehme ihr das Telefon ab und drücke auf Löschen, wobei ich das Display mit dem Öl an meinen Händen beschmiere.

»Hey!«

»Zu früh, Ayoola. Viel zu früh.«

#3

»Mit Femi sind es drei, verstehen Sie? Ab drei wird man als Serienmörder bezeichnet.«

Ich flüstere die Worte für den Fall, dass irgendjemand an Muhtars Tür vorbeikäme. Für den Fall, dass meine Worte durch das zwei Zoll dicke Holz hindurchströmten und das Ohr eines Vorbeikommenden streiften. Abgesehen davon, dass ich mich einem komatösen Mann anvertraue, gehe ich keinerlei Risiken ein. »Drei«, sage ich noch einmal vor mich hin.

Letzte Nacht konnte ich nicht einschlafen, also gab ich es auf, rückwärts zu zählen, und setzte mich an den Schreibtisch, um meinen Laptop anzuschalten. Ich ertappte mich selbst dabei, wie ich um drei Uhr morgens »Serienmörder« in die Google-Suchleiste eintippte. Da stand es: drei oder mehr Morde … Serienmörder.

Ich reibe meine eingeschlafenen Beine, um das Kribbeln darin loszuwerden. Hat es irgendeinen Zweck, Ayoola zu erzählen, was ich herausgefunden habe?

»Irgendwo tief in ihrem Inneren muss sie es wissen, nicht wahr?«

Ich blicke Muhtar an. Sein Bart ist wieder gewachsen. Wenn er nicht mindestens alle zwei Wochen rasiert wird, verknotet er und droht, das halbe Gesicht zu überwuchern. Irgendjemand muss einzelne Punkte in seinem Pflegeplan übersehen haben. Meistens ist bei solchen Angelegenheiten Yinka die Schuldige.

Ein zunächst schwaches Pfeifen im Flur kommt immer näher. Tade. Wenn er nicht gerade singt, dann summt er, und wenn er davon genug hat, pfeift er. Er ist eine Spieluhr auf zwei Beinen. Das Geräusch hebt meine Stimmung. Ich trete an die Tür und öffne sie, kurz bevor er sie erreicht hat. Er lächelt mich an.

Ich winke ihm zu, dann lasse ich die Hand sinken und schelte mich für meinen Eifer. Ein Lächeln hätte mehr als genügt.

»Hätte ich mir denken können, dass du hier bist.«

Er schlägt die Akte in seiner Hand auf, wirft einen Blick darauf und reicht sie mir dann. Es ist Muhtars Akte. Darin steht nichts Bemerkenswertes. Ihm geht es weder besser noch schlechter. Der Zeitpunkt rückt näher, an dem die Entscheidung getroffen werden wird. Ich verdrehe den Kopf, um noch einen Blick auf Muhtar zu werfen. Er hat seinen Frieden gefunden, und darum beneide ich ihn. Wann immer ich die Augen schließe, sehe ich einen toten Mann vor mir. Ich frage mich, wie es wohl wäre, wieder gar nichts zu sehen.

»Ich weiß, dass du ihn gernhast. Ich möchte nur sichergehen, dass du darauf vorbereitet bist, falls …« Er verstummt.

»Er ist ein Patient, Tade.«

»Ich weiß, ich weiß. Aber es ist kein Grund, sich zu schämen, wenn einem das Schicksal eines anderen Menschen am Herzen liegt.«

Er legt mir leicht die Hand auf die Schulter, eine Geste des Trostes. Muhtar wird irgendwann sterben, aber er wird nicht in einer Lache seines eigenen Blutes sterben, und er wird nicht von den Salzwasserkrebsen aufgefressen werden, die sich unter der Third Mainland Bridge tummeln. Seine Familie wird um sein Schicksal wissen. Tades warme Hand verweilt auf meiner Schulter, und ich lehne mich dagegen.

»Jetzt aber zu etwas Erfreulicherem, es wird geflüstert, dass du zur Oberschwester befördert wirst!«, sagt er zu mir und nimmt seine Hand abrupt fort. Es ist keine große Überraschung, die Stelle ist seit einer Weile unbesetzt, und wer sollte sie sonst übernehmen? Yinka? Mich beschäftigt viel mehr die Hand, die nun nicht mehr auf meiner Schulter ruht.

»Großartig«, sage ich, weil er das von mir erwarten dürfte.

»Wenn du die Stelle bekommst, dann feiern wir.«

»Cool.« Ich hoffe, ich klinge lässig.

LIED

Tade hat von allen Ärzten das kleinste Sprechzimmer, aber ich habe von ihm noch nie eine Beschwerde gehört. Wenn ihm überhaupt je in den Sinn gekommen ist, es könnte ungerecht sein, dann lässt er sich das nicht anmerken.

Heute erweist sich die Größe seines Sprechzimmers jedoch als Vorteil. Beim Anblick der Nadel rennt das kleine Mädchen auf die Tür zu. Ihre Beine sind kurz, also kommt sie nicht weit. Ihre Mutter hält sie fest.

»Nein!«, schreit das Mädchen und tritt und kratzt. Sie ist wie ein wildes Huhn. Ihre Mutter beißt die Zähne zusammen und erträgt die Schmerzen. Ich frage mich, ob sie sich das so vorgestellt hat, als sie bei ihrem Schwangerschafts-Fotoshooting posierte oder fröhlich ihren Baby Shower feierte.

Tade greift in die Schüssel mit Süßigkeiten, die er für seine kleinen Patienten auf dem Schreibtisch aufbewahrt, aber das Mädchen schlägt den angebotenen Lolli davon. Sein Lächeln verblasst jedoch nicht, und er beginnt nun zu singen. Seine Stimme erfüllt den Raum und überflutet mein Gehirn. Alles wird zum Stillstand gebracht. Das Mädchen hält verwirrt inne. Sie blickt hinauf zu ihrer Mutter, die von seiner Stimme ebenfalls wie gelähmt ist. Es spielt keine Rolle, dass er bloß »Mary Had a Little Lamb« singt. Wir haben trotzdem

Gänsehaut. Gibt es etwas Schöneres als einen Mann mit einer Stimme wie das Meer?

Ich stehe neben dem Fenster und blicke hinunter auf eine Gruppe von Menschen, die sich dort versammelt haben, nach oben spähen und mit dem Finger zeigen. Tade schaltet nur selten die Klimaanlage an, und sein Fenster steht meistens offen. Er hat mir einmal erzählt, er höre bei der Arbeit gern Lagos zu – den niemals verstummenden Hupen, den Rufen der Straßenhändler und den quietschenden Reifen auf dem Asphalt. Jetzt hört Lagos ihm zu.

Das kleine Mädchen schnieft und wischt sich den Schleim mit dem Handrücken fort. Sie tapst auf ihn zu. Wenn sie älter ist, wird sie sich an ihn als ihre erste Liebe erinnern. Sie wird daran denken, wie perfekt gekrümmt seine Nase war, und wie gefühlvoll sein Blick. Doch selbst wenn sie sein Gesicht vergessen sollte, wird seine Stimme sie in ihren Träumen verfolgen.

Er hebt sie auf seinen Arm und trocknet ihr die Tränen mit einem Taschentuch. Dann sieht er mich erwartungsvoll an, und ich reiße mich aus meinem Tagtraum. Sie bemerkt nicht, dass ich mich ihr mit der Nadel nähere. Sie rührt sich nicht, als ich ihren Oberschenkel mit einem Alkoholtupfer abwische. Sie versucht, in sein Lied einzustimmen, unterbrochen von einem gelegentlichen Schniefen oder Schluckauf. Ihre Mutter dreht an ihrem Ehering, als liebäugelte sie damit, ihn abzunehmen. Ich möchte ihr am liebsten ein Taschentuch reichen, um den Sabber abzuwischen, der ihr aus dem Mund zu fließen droht.

Das kleine Mädchen zuckt zusammen, als ich ihr das Medikament injiziere, aber Tade hält sie fest in seinem Griff. Dann ist alles vorbei.

»Bist du aber ein tapferes Mädchen!«, sagt er zu ihr. Sie strahlt und ist nun bereit, ihren Preis entgegenzunehmen, einen Lolli mit Kirschgeschmack.

»Sie können so gut mit Kindern umgehen«, gurrt ihre Mutter. »Haben Sie selbst welche?«

»Nein, habe ich nicht. Aber irgendwann einmal.« Er schenkt ihr ein Lächeln, das seine perfekten Zähne entblößt und Fältchen um seine Augen entstehen lässt. Es ist verständlich, dass sie glaubt, dieses Lächeln sei nur für sie bestimmt, aber so lächelt er jeden an. So lächelt er mich an. Sie wird rot.

»Und Sie sind nicht verheiratet?« (Madam, wollen Sie etwa zwei Ehemänner haben?)

»Nein, nein, das bin ich nicht.«

»Ich habe eine Schwester. Sie ist sehr – «

»Dr. Otumu, hier sind die Rezepte.«

Tade blickt zu mir auf, verwirrt von meiner schroffen Art. Hinterher wird er mir behutsam, stets behutsam, erklären, dass ich Patienten nicht das Wort abschneiden solle. Sie kommen ins Krankenhaus, um gesund zu werden, und manchmal sind es nicht nur ihre Körper, die Aufmerksamkeit benötigen.

ROT

Yinka lackiert sich am Empfangsschalter die Nägel. Bunmi sieht mich im Anmarsch und stupst sie an, aber die Warnung ist zwecklos – wegen mir wird Yinka nicht damit aufhören. Sie würdigt meine Anwesenheit mit einem katzenhaften Lächeln.

»Korede, die Schuhe sind ja hübsch!«

»Danke.«

»Die echten müssen sehr teuer sein.«

Bunmi verschluckt sich an dem Wasser, das sie gerade genippt hat, aber ich beiße nicht an. Tades Stimme hallt noch immer in meinem Körper wider und beruhigt mich, wie sie das Kind beruhigt hat. Ich ignoriere Yinka und wende mich an Bunmi.

»Ich mache jetzt Mittagspause.«

Mit dem Essen in der Hand mache ich mich auf den Weg in den zweiten Stock, klopfe an die Tür zu Tades Sprechzimmer und warte darauf, dass seine kräftige Stimme mir gestattet, einzutreten. Gimpe, eine weitere Reinigungskraft (bei all diesen Reinigungskräften würde man eigentlich vermuten, dass das Krankenhaus blitzsauber wäre) sieht in meine Richtung und schenkt mir ein freundliches, wissendes Lächeln, das ihre hohen Wangenknochen zur Geltung bringt. Ich weigere mich, es zu erwidern, denn sie weiß gar nichts über mich. Ich versuche, meine Nerven zu beruhigen, und klopfe erneut sanft an die Tür.

»Herein.«

Ich betrete sein Sprechzimmer nicht in meiner Funktion als Krankenschwester. In den Händen halte ich einen Behälter mit Reis und Èfó. Ich kann erkennen, dass der Geruch ihn erreicht, sobald ich hereinkomme.

»Womit habe ich diese Ehre verdient?«

»Du nutzt deine Mittagspause so selten … da dachte ich, ich bringe das Mittagessen einfach zu dir.«

Er nimmt die Dose entgegen, lugt hinein und atmet tief ein. »Hast du das gekocht? Das riecht ja köstlich!«

»Hier.« Ich reiche ihm eine Gabel, und er nimmt einen Bissen. Mit einem Seufzen schließt er die Augen, dann öffnet er sie wieder, um mich anzulächeln.

»Das ist … Korede … Wow … Für irgendeinen Mann wirst du einmal eine fantastische Ehefrau sein.«

Ich bin mir sicher, das Grinsen auf meinem Gesicht würde jeden Rahmen sprengen. Ich spüre es bis in meine Zehenspitzen.

»Den Rest hiervon werde ich später essen müssen«, erklärt er. »Ich muss zuerst diesen Bericht fertigschreiben.«

Ich erhebe mich von der Schreibtischkante, die mir vorübergehend als Sitzplatz diente, und biete an, nachher noch einmal vorbeizukommen, um die Tupperdose wieder mitzunehmen.

»Korede, ganz im Ernst, ich danke dir. Du bist die Beste.«

Im Wartezimmer sitzt eine Frau, die ein schreiendes Baby durch Vor- und Zurückschaukeln zu beruhigen versucht, aber das Kind will nicht verstummen. Es stört einige der anderen Patienten, die im Empfangsbereich warten. Es stört mich. Ich mache mich gerade mit einer Rassel auf den Weg zu ihr, in der Hoffnung, diese werde das Baby ablenken, da geht die Eingangstür auf.

Ayoola tritt ein, und alle Blicke richten sich sofort auf sie und verharren auch dort. Ich bleibe wie angewurzelt stehen, die Rassel in der Hand, und versuche zu begreifen, was gerade vor sich geht. Sie sieht aus, als hätte sie den Sonnenschein mit hereingebracht. Sie trägt ein leuchtend gelbes Hemdblusenkleid, das ihre großzügigen Brüste keineswegs versteckt. Ihre Füße stecken in grünen Riemchensandalen, die wettmachen, was ihr an Größe fehlt, und in der Hand hält sie eine weiße Clutch, die genügend Platz für eine zweiundzwanzig Zentimeter lange Waffe bieten würde.

Sie lächelt mich an und kommt auf mich zu geschlendert. Ich höre einen Mann leise »Verdammt« vor sich hinmurmeln.

»Ayoola, was machst du hier?«, bringe ich gepresst hervor.

»Es ist Zeit zum Mittagessen!«

»Und?«

Sie lässt meine Frage unbeantwortet und schwebt an mir vorbei zum Empfangsschalter. Alle Blicke der dort Anwesenden sind auf sie gerichtet, und sie schenkt ihnen ihr schönstes Lächeln. »Ihr seid also die Freundinnen meiner Schwester?«

Sie klappen den Mund auf und wieder zu.

»Du bist Koredes Schwester?«, piepst Yinka. Ich kann erkennen, wie sie versucht, die Verbindung zu ziehen, und Ayoolas Aussehen mit meinem abgleicht. Es gibt eine gewisse Ähnlichkeit – wir haben den gleichen Mund, die gleichen Augen –, aber Ayoola sieht aus wie eine Bratz-Puppe, ich dagegen höchstens wie eine Voodoo-Puppe. Yinka, mit ihrer Engelsnase und ihren vollen Lippen die wohl attraktivste Mitarbeiterin von St. Peter's, verblasst neben Ayoola. Und ihr ist das auch bewusst. Sie zwirbelt ihr teures Haar zwischen den Fingern und hat die Schultern gestrafft.

»Was ist das für ein Duft?«, fragt Bunmi. »Das ist wie … das ist wirklich …«

Ayoola beugt sich vor und flüstert Bunmi etwas ins Ohr, ehe sie sich wieder aufrichtet. »Das bleibt unser kleines Geheimnis, okay?« Sie zwinkert Bunmi zu, und Bunmis normalerweise stets teilnahmslose Miene hellt sich auf. Mir reicht es nun. Ich eile auf den Empfangsschalter zu.

In diesem Augenblick höre ich Tades Stimme, und mein Herz beginnt zu rasen. Ich schnappe mir Ayoola und zerre sie zum Ausgang.

»Hey!«

»Du musst gehen!«

»Was? Wieso? Warum bist du so – «

»Was ist hier …« Tade verstummt, und mir gefriert das Blut in den Adern. Ayoola befreit sich aus meinem Griff, aber das macht keinen Unterschied mehr, es ist ohnehin zu spät. Sobald sein Blick auf Ayoola fällt, weiten sich seine Augen. Er rückt seinen Arztkittel zurecht. »Was ist hier los?«, setzt er erneut an, diesmal mit belegter Stimme.

»Ich bin Koredes Schwester«, verkündet sie.

Er blickt von ihr zu mir und dann wieder zu ihr. »Ich wusste gar nicht, dass du eine Schwester hast?« Die Worte sind an mich gerichtet, aber sein Blick löst sich nicht von ihrem.

Ayoola zieht einen Schmollmund. »Ich glaube, sie schämt sich für mich.«

Er lächelt sie an; es ist ein freundliches Lächeln. »Ganz bestimmt nicht. Wie könnte sie? Entschuldige, ich habe deinen Namen nicht mitbekommen.«

»Ayoola.« Sie streckt die Hand aus, wie eine Königin es für ihre Untertanen tun würde.

Er ergreift sie und drückt sie sanft. »Ich bin Tade.«

SCHULE

Ich kann gar nicht mehr genau sagen, wann mir bewusst wurde, dass Ayoola schön war und ich … nicht. Ich weiß allerdings, dass ich von meinen eigenen Unzulänglichkeiten bereits lange zuvor wusste.

Die Schule kann grausam sein. Die Jungs schrieben damals Listen derjenigen Mädchen, die einen Achterkörper hatten – wie eine Coca-Cola-Flasche –, und derjenigen, die einen Einserkörper hatten – wie ein Stock. Sie zeichneten die Mädchen auch, wobei sie deren Vorzüge oder Makel lächerlich herausstellten, und hefteten die Zeichnungen ans Schwarze Brett, wo alle sie sehen konnten – zumindest bis die Lehrer die Zettel wieder abnahmen, sie von den Stecknadeln rissen und dabei kleine Papierfetzen zurückließen, wie zum Hohn.

Mich zeichneten sie mit den Lippen eines Gorillas und Augen, die jedes andere Merkmal zu verdrängen schienen. Ich sagte mir, dass Jungs unreif und dumm waren, weshalb es egal war, dass sie mich nicht wollten; und es war auch egal, dass einige es trotzdem versuchten, da sie annahmen, ich wäre so dankbar für ihre Aufmerksamkeit, dass ich alles tun würde, was sie von mir verlangten. Ich hielt mich von ihnen allen fern. Ich machte mich über die Mädchen lustig, die für Jungs schwärmten, verurteilte sie fürs Knutschen und verachtete sie bei jeder Gelegenheit. Ich stand über all dem.

Ich konnte niemandem etwas vormachen.

Nach zwei Jahren war ich abgehärtet und bereit, meine Schwester zu beschützen, da ich mir sicher war, sie würde auf dieselbe Weise behandelt werden wie ich. Womöglich sogar noch schlimmer. Sie würde jeden Tag weinend zu mir kommen, und ich würde sie in den Arm nehmen und trösten. Wir beide gegen den Rest der Welt.

Gerüchten zufolge wurde sie gleich an ihrem ersten Schultag um ein Date gebeten, von einem Jungen in der SS2. So etwas war noch nie dagewesen. Die Jungs in den oberen Klassen schenkten den Jüngeren keine Beachtung, und wenn doch, dann versuchten sie nur selten, es offiziell zu machen. Sie sagte Nein. Aber ich hatte die Botschaft laut und deutlich verstanden.

FLECK

»Ich dachte bloß, wir könnten die Mittagspause gemeinsam verbringen.«

»Nein, du wolltest sehen, wo ich arbeite.«

»Und was ist so schlimm daran, Korede?«, ruft meine Mutter. »Du arbeitest nun schon seit einem Jahr an diesem Ort, und deine Schwester hat ihn noch nie zu Gesicht bekommen!« Sie ist entsetzt darüber, wie über jede Ungerechtigkeit, die Ayoola ihrer Ansicht nach widerfährt.

Das Hausmädchen bringt den Eintopf aus der Küche und stellt ihn auf den Tisch. Ayoola beugt sich vor und häuft sich ihre Schüssel voll. Sie hat das Àmàlà ausgewickelt und in die Suppe getunkt, noch ehe meine Mutter und ich uns etwas genommen haben.

Wir sitzen an unseren üblichen Plätzen an unserem viereckigen Tisch: meine Mutter und ich auf der linken Seite, Ayoola auf der rechten. Früher stand auch am Kopfende des Tisches ein Stuhl, aber den habe ich in einem Freudenfeuer direkt vor unserem Grundstück zu Asche verbrannt. Wir sprechen nicht davon. Wir sprechen nicht von ihm.

»Eure Aunty Taiwo hat heute angerufen«, berichtet Mum.

»Ach ja?«

»Ja. Sie sagt, sie würde gern öfter etwas von euch beiden

hören.« Mum hält inne und wartet auf irgendeine Reaktion von einer von uns.

»Kannst du mir bitte die Okrasuppe reichen?«, frage ich.

Meine Mutter reicht mir die Okrasuppe.

»Also«, schwenkt sie um, da sie bemerkt, dass niemand anbeißt, »Ayoola meint, bei dir auf der Arbeit gebe es einen süßen Arzt?«

Ich lasse die Schüssel mit der Okrasuppe fallen, und verschütte sie über den Tisch – grün und trüb sickert sie rasch in die geblümte Tischdecke.

»Korede!«

Ich tupfe die Tischdecke mit meiner Serviette ab und kann meine Mutter kaum noch hören – meine Gedanken verschlingen mein Gehirn.

Ich spüre Ayoolas Blick auf mir und versuche mich zu beruhigen. Das Hausmädchen eilt herbei, um den Fleck auszuwaschen, aber das Wasser macht ihn nur noch größer.

HAUS

Ich starre auf das Bild, das über dem Klavier hängt, auf dem nie jemand spielt.

Er gab es in Auftrag, nachdem er einem Autohändler eine Schiffsladung überholter Wagen als brandneu verkauft hatte – ein Gemälde des Hauses, das seine krummen Geschäfte finanziert hatte. (Wozu ein Bild des Hauses, in dem man lebt, in ebendieses Haus hängen?)

Als Kind stand ich oft davor und wünschte mich in das Bild hinein. Ich stellte mir vor, hinter den Hauswänden aus Aquarellfarbe wohnten alternative Versionen von uns. Ich träumte, jenseits des grünen Rasens, hinter den weißen Säulen und der schweren Eichentür lägen Lachen und Liebe.

Der Maler hatte sogar einen Hund hinzugefügt, der einen Baum hinaufbellte, als wüsste er, dass wir einst einen gehabt hatten. Die Hündin war weich und braun, und sie beging den Fehler, in sein Arbeitszimmer zu pinkeln. Wir sahen sie nie wieder. Das hat der Maler nicht wissen können, und doch ist da ein Hund auf dem Bild, und ich schwöre, manchmal konnte ich ihn bellen hören.

Die Schönheit unseres Hauses konnte nie mit der Schönheit des Gemäldes mithalten, mit seinem ewigen pink schimmernden Morgengrauen, den Blättern, die niemals verwelken, und den Büschen, die mit ihren übernatürlichen Gelb- und Lilatönen den Garten umringen. Auf dem Bild erstrahlen die Außenmauern stets blütenweiß, während wir in Wirklichkeit nicht in der Lage waren, sie neu anzustreichen, so dass sie nun ein ausgeblichenes Gelb tragen.

Nach seinem Tod verkaufte ich jedes andere Gemälde, das er je erworben hatte, da wir das Geld brauchten. Es war kein schwerer Verlust. Hätte ich das Haus selbst loswerden können, dann hätte ich es getan. Aber er hatte unser Haus im Südstaatenstil von Grund auf selbst gebaut, weshalb wir weder eine Miete noch eine Hypothek bezahlen mussten (außerdem war ohnehin niemand daran interessiert, ein Haus dieser Größe zu kaufen, wenn die Papiere für das Grundstück, auf dem es errichtet war, bestenfalls zweifelhaft waren). Statt in eine kleinere Wohnung zu ziehen, bewältigten wir also die Instandhaltungskosten unseres großen, geschichtsträchtigen Hauses, so gut wir konnten.

Während ich meinen Weg vom Schlafzimmer in die Küche fortsetze, werfe ich noch einen Blick auf das Bild. Darauf sind keine Menschen zu sehen, was ganz recht so ist. Aber wenn man die Augen zusammenkneift, kann man in einem der Fenster einen Schatten erkennen, der eine Frau darstellen könnte.

»Weißt du, deine Schwester möchte einfach nur in deiner Nähe sein. Du bist ihre beste Freundin.« Die Stimme gehört meiner Mutter. Sie stellt sich neben mich. Mutter spricht noch immer von Ayoola, als wäre sie ein Kind. Und nicht eine Frau, die viel zu selten das Wort »nein« zu hören bekommt. »Was ist denn schon dabei, wenn sie dich hin und wieder auf der Arbeit besucht?«

»Das ist ein Krankenhaus, Mum, und kein Park.«

»Eh, ist ja gut. Du starrst zu oft auf das Bild«, bemerkt sie, das Thema wechselnd. Ich wende mich ab und richte meinen Blick stattdessen auf das Klavier.

Wir hätten das Klavier wirklich auch verkaufen sollen. Ich fahre mit einem Finger über den Deckel und zeichne damit eine Linie in den Staub. Meine Mutter seufzt und geht weiter, da sie weiß, dass ich nicht werde ruhen können, ehe auf der Oberfläche des Klaviers kein Staubkörnchen mehr übrig ist. Ich hole mir ein paar Staubtücher aus dem Vorratsschrank. Könnte ich damit doch nur auch all unsere Erinnerungen fortwischen.

PAUSE

»Du hast mir gar nicht erzählt, dass du eine Schwester hast.«

»Mm.«

»Ich meine, ich weiß, auf welche Schule du gegangen bist, und ich kenne den Namen deines ersten Freundes. Ich weiß sogar, dass du gern mit Sirup beträufeltes Popcorn isst – «

»Das musst du wirklich mal probieren.«

» – aber ich wusste nicht, dass du eine Schwester hast.«

»Na ja, jetzt weißt du es.«

Ich wende mich von Tade ab und räume die Nadeln vom Metalltablett. Das könnte er auch selbst tun, aber ich suche gern nach Wegen, ihm die Arbeit zu erleichtern. Er sitzt über seinen Schreibtisch gebeugt und kritzelt auf das Blatt Papier vor ihm. Aber so schnell er auch schreibt, seine Schrift ist stets groß, und die Schlaufen verbinden einen Buchstaben mit dem anderen. Sie ist sauber und leserlich. Das kratzende Geräusch des Stiftes verstummt, und er räuspert sich.

»Hat sie einen Freund?«

Ich denke an Femi, der auf dem Meeresgrund ruht und von den Fischen angeknabbert wird. »Sie legt gerade eine Pause ein.«

»Eine Pause?«

»Ja. Sie wird sich für eine Weile mit niemandem verabreden.«

»Weshalb?«

»Ihre Beziehungen enden meist böse.«

»Oh … Männer können wirklich Idioten sein.« Es klingt seltsam aus dem Mund eines Mannes, aber Tade war schon immer einfühlsam. »Denkst du, sie hätte etwas dagegen, wenn du mir ihre Nummer gibst?« Ich stelle mir vor, wie die Fische an Tade vorbeischwimmen, während er auf den Grund des Meeres sinkt, hinab zu Femi.

Ich lege die Spritze vorsichtig zurück auf das Tablett, um mich nicht versehentlich damit zu stechen.

»Ich müsste sie fragen«, erwidere ich, auch wenn ich nicht vorhabe, Ayoola irgendetwas zu fragen. Wenn er sie nicht mehr sieht, wird sie in die entfernten Regionen seines Bewusstseins driften, wie ein unverhofft kalter Luftzug an einem warmen Tag.

MAKEL

»Und ihr beide habt also denselben Vater und dieselbe Mutter?«

»Sie hat euch doch gesagt, dass sie meine Schwester ist.«

»Aber ist sie von beiden Seiten deine Schwester? Sie sieht ein bisschen gemischt aus.«

Yinka geht mir langsam auf die Nerven. Das Traurige ist, dass ihre Fragen weder die widerlichsten sind, die ich in meinem Leben schon gehört habe, noch die ungewöhnlichsten. Schließlich ist Ayoola klein – ihr einziger Makel, wenn man es als solchen bezeichnen möchte –, während ich über einen Meter achtzig groß bin; Ayoolas Hautfarbe ist irgendetwas zwischen Creme und Karamell, meine dagegen ist die einer Paranuss vor dem Schälen; sie besteht nur aus Kurven, ich bin ausschließlich aus harten Kanten zusammengesetzt.

»Hast du Dr. Imo Bescheid gegeben, dass das Röntgenbild fertig ist?«, blaffe ich sie an.

»Nein, ich – «

»Dann schlage ich vor, dass du das jetzt tust.«

Ich entferne mich, ehe sie Zeit hat, ihre Entschuldigung auszusprechen. Im zweiten Stock macht Assibi gerade die Betten, und Mohammed flirtet direkt vor meinen Augen mit Gimpe. Sie stehen nah beieinander, und er presst beim

Vorbeugen seine Hand gegen die Wand. Die Stelle wird er abwischen müssen. Sie sehen mich beide nicht – er hat mir den Rücken zugewandt, sie hält den Blick gesenkt und saugt begierig die honigsüßen Komplimente auf, die er ihr wohl gerade macht. Kann sie ihn denn nicht riechen? Womöglich nicht, denn Gimpe verströmt selbst einen üblen Geruch. Es ist der Geruch von Schweiß, von ungewaschenem Haar, von Putzmitteln, von verwesten Leichen unter einer Brücke …

»Schwester Korede!«

Ich blinzle. Die beiden sind verschwunden. Anscheinend stehe ich nun schon eine Weile gedankenversunken im Schatten. Bunmi blickt mich mit gerunzelter Stirn an. Ich frage mich, wie oft sie mich bereits gerufen hat. Sie ist schwer zu durchschauen. In ihrem Frontallappen scheint nicht allzu viel vor sich zu gehen.

»Was ist?«

»Deine Schwester ist unten.«

»Wie bitte?«

Ich warte nicht darauf, dass sie ihre Aussage wiederholt, und ich warte auch nicht auf den Fahrstuhl – ich renne die Treppen hinunter. Doch als ich im Empfangsbereich ankomme, ist Ayoola nirgends zu sehen, und ich schnappe nach Luft. Vielleicht haben meine Kolleginnen gespürt, wie sehr mich die Anwesenheit meiner Schwester hier aus dem Konzept bringt; vielleicht spielen sie mir einen Streich.

»Yinka, wo ist meine Schwester?«, keuche ich.

»Ayoola?«

»Ja. Die einzige Schwester, die ich habe.«

»Woher soll ich das wissen? Ich wusste nicht einmal, dass du überhaupt eine Schwester hast, was weiß denn ich, vielleicht seid ihr ja auch zu zehnt.«

»Okay, schön, wo ist sie?«

»Sie ist in Dr. Otumus Sprechzimmer.«

Ich nehme wieder die Treppe, zwei Stufen auf einmal. Tades Sprechzimmer liegt direkt gegenüber dem Fahrstuhl, weshalb ich jedes Mal, wenn ich im zweiten Stock ankomme, versucht bin, an seine Tür zu klopfen. Ayoolas Lachen vibriert im Flur – ihr Lachen ist laut, tief und unbändig, das Lachen eines Menschen, der keinerlei Sorgen kennt. Diesmal mache ich mir nicht die Mühe, zu klopfen.

»Oh! Korede, hi. Tut mir leid, dass ich deine Schwester entführt habe. Ich weiß, ihr beide habt eine Verabredung zum Mittagessen.« Ich lasse das Bild auf mich wirken. Er hat sich entschlossen, nicht hinter seinem Schreibtisch Platz zu nehmen, und sitzt stattdessen auf einem der beiden Stühle davor. Ayoola hat sich auf dem anderen niedergelassen. Tade hat seinen Stuhl so zurechtgerückt, dass er ihr direkt gegenübersitzt, und als wäre das noch nicht genug, beugt er sich auch noch vor und stützt sich mit den Ellbogen auf den Knien ab.

Das Top, das Ayoola heute ausgewählt hat, ist weiß und rückenfrei. Sie trägt grelle pinkfarbene Leggings, und ihre Dreadlocks sind auf dem Kopf aufgetürmt. Sie wirken schwer, zu schwer, um von ihr getragen zu werden, aber ihre Haltung ist aufrecht. In den Händen hält sie sein Telefon, in das sie zweifellos gerade ihre Nummer einspeichern wollte.

Sie sehen mich ohne einen Hauch von Schuldgefühlen an.

»Ayoola, ich hatte dir doch gesagt, dass ich keine Zeit für eine Mittagspause habe.«

Tade ist von meinem Tonfall überrascht. Er runzelt die Stirn, sagt aber nichts. Er ist zu höflich, um sich in einen Streit zwischen Schwestern einzumischen.

»Oh, ist schon okay. Ich habe mit diesem netten Mädchen Yinka gesprochen, und sie sagte, sie wird für dich einspringen.« Ach, wird sie das tatsächlich?

»Das hätte sie nicht versprechen sollen. Ich habe eine Menge zu erledigen.«

Ayoola zieht einen Schmollmund. Tade räuspert sich.

»Weißt du, ich habe auch noch keine Mittagspause gemacht. Falls du Lust hast, ich kenne da einen coolen Laden um die Ecke.«

Er spricht vom Saratobi. Dort bekommt man ein erstklassiges Steak. Ich habe ihm das Restaurant gezeigt, einen Tag, nachdem ich es selbst entdeckt hatte. Yinka schloss sich uns damals an, aber nicht einmal das konnte mir das Mittagessen verderben. Ich erfuhr, dass Tade Arsenal-Fan ist und sich einst als Profi-Fußballer versuchte. Ich erfuhr, dass er Einzelkind ist. Ich erfuhr, dass er Gemüse nicht besonders mag. Ich hatte gehofft, wir könnten das eines Tages wiederholen – ohne Yinka –, und dann würde ich noch mehr über ihn erfahren.

Ayoola strahlt ihn an.

»Das klingt super. Ich hasse es, allein zu essen.«

FLAPPER

Als ich an jenem Abend in Ayoolas Zimmer platze, sitzt sie an ihrem Schreibtisch und zeichnet ein neues Design für ihre Modelinie. In den sozialen Medien zeigt sie sich selbst in den von ihr designten Kleidern und kann sich vor Aufträgen kaum retten. Der Trick funktioniert immer: Man betrachtet einen wunderschönen Menschen mit einem großartigen Körper und glaubt, vielleicht könne man – wenn man nur die richtigen Kleidungsstücke kombiniert und die passenden Accessoires dazu findet – genauso gut aussehen wie sie.

Ihre Dreadlocks verbergen ihr Gesicht, aber ich muss es nicht sehen, um zu wissen, dass sie auf ihrer Lippe herumkaut und die Augenbrauen konzentriert zusammengezogen hat. Auf ihrem Tisch befinden sich lediglich ihr Skizzenbuch, ihre Stifte und drei Flaschen Wasser, von denen eine fast leer ist. Ansonsten herrscht jedoch Chaos im ganzen Zimmer – ihre Klamotten liegen auf dem Fußboden verstreut, quillen aus den Schubladen und häufen sich auf dem Bett.

Ich hebe das Hemd vor meinen Füßen auf und falte es zusammen.

»Ayoola.«

»Was gibt's?« Sie dreht sich weder um noch hebt sie den Kopf. Ich sammle ein weiteres Kleidungsstück auf.

»Hör bitte auf, mich bei der Arbeit zu besuchen.« Jetzt habe ich ihre Aufmerksamkeit gewonnen; sie dreht sich zu mir um, und ihre Dreadlocks drehen sich mit.

»Wieso?«

»Ich möchte einfach nur mein Berufsleben und mein Privatleben getrennt halten.«

»Schön.« Sie zuckt mit den Achseln und widmet sich wieder ihrem Entwurf. Ich kann erkennen, dass es sich um ein Kleid im Stil eines Zwanzigerjahre-Flappers handelt.

»Und ich möchte, dass du nicht mehr mit Tade sprichst.«

Sie dreht sich erneut zu mir um, legt den Kopf schief und zieht die Stirn in Falten. Es ist merkwürdig, sie mit gerunzelter Stirn zu sehen, da das so selten vorkommt.

»Wieso?«

»Ich denke einfach, es wäre nicht klug, etwas mit ihm anzufangen.«

»Weil ich ihm etwas antun werde?«

»Das habe ich nicht gesagt.«

Sie hält inne und denkt über meine Worte nach.

»Magst du ihn etwa?«

»Darum geht es wirklich nicht. Ich finde, du solltest dich gerade mit überhaupt niemandem verabreden.«

»Ich habe dir doch erklärt, dass ich es tun musste. Ich habe es dir erklärt.«

»Ich denke, du solltest einfach eine kleine Pause einlegen.«

»Wenn du ihn für dich haben willst, dann sag es einfach.« Sie verstummt, gibt mir Zeit, meine Ansprüche anzumelden. »Weißt du, außerdem ist er gar nicht so anders als die anderen.«

»Wovon redest du?« Er *ist* anders. Er ist liebenswürdig und einfühlsam. Er singt Kindern etwas vor.

»Er ist nicht tiefgründig. Er will bloß ein hübsches Gesicht. Mehr wollen sie alle nicht.«

»Du kennst ihn gar nicht!« Meine Stimme ist höher, als ich es erwartet hatte. »Er ist liebenswürdig und einfühlsam, und er – «

»Soll ich es dir beweisen?«

»Ich will einfach, dass du nicht mehr mit ihm sprichst, okay?«

»Nun, man bekommt nicht immer, was man will.« Sie dreht sich in ihrem Stuhl um und fährt mit ihrer Arbeit fort. Ich sollte gehen, stattdessen hebe ich die restlichen Kleidungsstücke auf, lege eins nach dem anderen zusammen und kämpfe so gegen meine Wut und mein Selbstmitleid an.

MASCARA

Meine Hand ist nicht ruhig. Man braucht eine ruhige Hand, um Make-up aufzutragen, aber ich bin nicht in Übung. Es erschien mir nie besonders sinnvoll, meine Unzulänglichkeiten zu überdecken. Ähnlich zwecklos wie das Verwenden von Duftspray beim Verlassen der Toilette – am Ende riecht es unweigerlich nach parfümierter Scheiße.

Auf dem Laptop läuft ein YouTube-Video, und ich versuche im Spiegel über meiner Frisierkommode nachzuahmen, was das Mädchen darin tut, aber unsere Handbewegungen scheinen nicht miteinander zu korrespondieren. Ich gebe jedoch nicht auf. Ich nehme das Mascara zur Hand und bürste damit meine Wimpern. Sie verklumpen. Ich versuche, sie voneinander zu trennen, und bekomme Flecken an den Fingern. Beim Blinzeln hinterlasse ich Spuren schwarzer Schmiere auf der Foundation rund um meine Augen. Es hat mich einige Zeit gekostet, die Foundation aufzutragen, und ich will sie nicht verschmieren, also gebe ich einfach noch mehr darüber.

Ich betrachte mein Werk im Spiegel. Ich sehe anders aus, aber ob ich auch besser aussehe … ich weiß es nicht. Ich sehe anders aus.

Alle Dinge, die in meine Handtasche gehören, liegen auf meiner Frisierkommode ausgebreitet.

Zwei Päckchen Taschentücher, eine 300-Milliliter-Flasche Wasser, ein Erste-Hilfe-Set, ein Päckchen Reinigungstücher, eine Geldbörse, eine Tube Handcreme, ein Lippenbalsam, ein Telefon, ein Tampon, eine Trillerpfeife zum Verjagen von Vergewaltigern.

Die unverzichtbare Ausstattung einer jeden Frau also. Ich packe die Gegenstände in meine Schultertasche, trete aus meinem Zimmer und schließe vorsichtig die Tür hinter mir. Meine Mutter und meine Schwester schlafen noch, aber ich kann die hastigen Bewegungen des Hausmädchens in der Küche hören. Ich gehe zu ihr hinunter, und sie reicht mir mein übliches Glas Orange-Limette-Ananas-Ingwer-Saft. Um den Körper aufzuwecken, gibt es nichts Besseres als einen Fruchtsaft.

Wenn die Uhr fünf schlägt, verlasse ich das Haus und bewältige das frühmorgendliche Verkehrschaos. Um fünf Uhr dreißig bin ich im Krankenhaus. Um diese Uhrzeit ist es dort so ruhig, dass man am liebsten flüstern würde. Ich lasse meine Tasche hinter dem Empfangsschalter fallen und ziehe das Wachbuch aus dem Regal, um zu sehen, ob in der Nacht irgendetwas Erwähnenswertes vor sich gegangen ist. Eine der Türen hinter mir geht quietschend auf, und kurz darauf steht Chichi neben mir. Chichis Schicht ist zu Ende, aber sie trödelt. »Ah ah, trägst du etwa Make-up?«

»Ja.«

»Was ist der Anlass?«

»Ich habe einfach beschlossen – «

»Wunder über Wunder, du hast ja sogar reichlich Foundation aufgetragen!«

Ich widerstehe dem Drang, die Reinigungstücher aus meiner Tasche zu holen und mir augenblicklich jede Spur von Make-up aus dem Gesicht zu wischen.

»Abi, hast du einen Freund gefunden?«

»Was?«

»Mir kannst du es erzählen, ich bin deine Freundin.« Aber ich kann es ihr nicht erzählen. Chichi würde die Neuigkeiten verbreiten, noch bevor ich sie ausgesprochen hätte. Außerdem sind wir keine Freundinnen. Sie lächelt in der Hoffnung, mich damit zu beruhigen, aber der Ausdruck scheint nicht in ihr Gesicht zu passen. Ihre Stirn und ihre Wangen sind abgedeckt mit einem Concealer, der zu hell ist, um ihre aggressiven Pickel zu verbergen (auch wenn sie die Pubertät schon lange vor meiner Geburt hinter sich gelassen hat), und ihr knallroter Lippenstift hat sich in den Rissen ihrer Lippen abgesetzt. Da würde mich das Lächeln des Jokers noch eher beruhigen.

Tade kommt um neun Uhr an. Er hat seinen Arztkittel noch nicht übergezogen, und ich kann die Muskeln unter seinem Hemd erkennen. Ich versuche, nicht darauf zu starren. Ich versuche, mich nicht mit dem Gedanken aufzuhalten, dass sie mich an Femis erinnern. Als Erstes fragt er mich: »Wie geht es Ayoola?« Früher fragte er, wie es *mir* ging. Ich sage ihm, dass es ihr gut gehe. Er betrachtet mein Gesicht neugierig.

»Ich wusste gar nicht, dass du Make-up trägst.«

»Eigentlich mache ich das auch nicht, ich dachte bloß, ich probiere mal etwas Neues aus … Wie findest du es?«

Mit gerunzelter Stirn prüft er mein Werk.

»Ich glaube, ich mag dich lieber ohne. Du hast nämlich wirklich schöne Haut. Richtig glatt.«

Ihm ist meine Haut aufgefallen …!

Bei der ersten Gelegenheit schleiche ich mich zur Toilette, um das Make-up zu entfernen, erstarre jedoch, als ich Yinka vor einem der Spiegel über den Waschbecken die Lippen schürzen sehe. Leise mache ich ein paar Schritte rückwärts, aber sie dreht sich in meine Richtung und zieht die Augenbrauen hoch.

»Was machst du da?«

»Nichts. Ich gehe.«

»Aber du bist doch gerade erst reingekommen …«

Sie verengt die Augen zu Schlitzen, sogleich misstrauisch geworden, und kommt auf mich zu. Sobald ihr bewusst wird, dass ich Make-up trage, grinst sie spöttisch.

»Na so was, das war's dann wohl mit ach so natürlich.«

»War ja nur ein Experiment.«

»Ein Experiment, um Dr. Tades Herz zu gewinnen?«

»Nein! Natürlich nicht!«

»Ich mache doch nur Spaß. Wir wissen beide, dass Ayoola und Tade füreinander bestimmt sind. Sie sehen hinreißend aus zusammen.«

»Ja. Genau.«

Yinka schenkt mir ein Lächeln, aber sie macht sich lustig. Sie rauscht auf dem Weg zur Tür an mir vorbei, und ich atme aus, merke, dass ich die ganze Zeit die Luft angehalten hatte. Dann eile ich zum Waschbecken, nehme ein Reinigungstuch aus meiner Tasche und rubbele an meiner Haut. Als ich das Schlimmste beseitigt habe, werfe ich mir mit vollen Händen Wasser ins Gesicht und spüle damit jede Spur von Make-up und Tränen davon.

ORCHIDEEN

Ein Strauß grell leuchtender Orchideen wird zu uns nach Hause geliefert. Für Ayoola. Sie beugt sich vor und fischt die Karte heraus, die zwischen den Stielen klemmt. Sie lächelt.

»Die sind von Tade.«

Sieht er sie etwa so? Als eine exotische Schönheit? Ich tröste mich mit dem Wissen, dass selbst die schönsten Blumen verwelken und sterben.

Sie holt ihr Telefon hervor und tippt eine Nachricht, während sie den Text laut mitliest: »Ich. Mag. Eigentlich. Lieber. Rosen.« Ich sollte sie aufhalten, das sollte ich wirklich tun. Tade ist ein Mann, der sich über alles viele Gedanken macht. Ich sehe ihn im Blumenladen vor mir, wie er Strauß für Strauß begutachtet, Fragen nach Sorten und Pflegehinweisen stellt, und dann seine gut informierte Wahl trifft. Ich nehme eine Vase aus unserer Sammlung und lege die Blumen auf den Tisch. Unsere Wände sind in einem gedeckten Cremeton gestrichen, und die Blumen hellen das Wohnzimmer auf. »Senden.«

Ihre Nachricht wird ihn enttäuschen und verletzen. Aber vielleicht versteht er dann, dass sie nicht die Richtige für ihn ist, und zieht sich zurück.

Mittags kommt ein spektakulärer Strauß Rosen bei uns an,

eine Mischung aus roten und weißen. Ayoola ist Stoffe kaufen gegangen, also übergibt das Hausmädchen mir die Blumen, auch wenn wir beide wissen, für wen sie sind. Es sind nicht die bereits verwelkenden Rosen, mit denen Ayoolas Verehrer für gewöhnlich unseren Tisch schmücken – diese Blumen strotzen vor Leben. Ich versuche, den übermäßig süßlichen Geruch nicht einzuatmen, und ich versuche, nicht zu weinen.

Mum kommt ins Zimmer und nimmt die Blumen ins Visier.

»Von wem sind die?«

»Tade«, höre ich mich antworten, obwohl Ayoola nicht da ist und ich die Karte nicht gelesen habe.

»Dem Arzt?«

»Ja.«

»Aber hat er nicht heute Morgen schon Orchideen geschickt?«

Ich seufze. »Ja. Und jetzt hat er Rosen geschickt.«

Auf ihrem Gesicht breitet sich ein verträumtes Lächeln aus – in Gedanken sucht sie bereits die Aṣọ Ẹbí aus und stellt die Gästeliste für die Hochzeit zusammen. Ich lasse sie mit den Blumen und ihren Fantasien dort stehen und ziehe mich in mein Zimmer zurück. Mein Schlafzimmer ist mir noch nie so leblos vorgekommen wie in diesem Augenblick.

Als Ayoola an diesem Abend zurückkehrt, fasst sie die Rosen an, fotografiert sie und will das Bild gerade online stellen, als ich sie, schon wieder, daran erinnere, dass sie einen Freund hat, der seit einem Monat vermisst wird und um den sie trauern sollte. Sie macht einen Schmollmund.

»Wie lange muss ich denn noch langweiliges, trauriges Zeug posten?«

»Du musst gar nichts posten.«

»Aber wie lange noch?«

»Ein Jahr vielleicht.«

»Das ist nicht dein Ernst.«

»Alles, was kürzer ist, lässt dich wie einen erbärmlichen Menschen aussehen.« Sie betrachtet mich genau, um festzustellen, ob ich sie bereits jetzt für einen erbärmlichen Menschen halte. Derzeit weiß ich nicht, was oder wie ich überhaupt denken soll. Femi verfolgt mich, er dringt ungefragt in meine Gedanken ein. Er zwingt mich, an Dingen zu zweifeln, die ich verstanden zu haben glaubte. Ich wünschte, er würde mich in Ruhe lassen, aber seine Worte – seine Art sich auszudrücken – und seine Schönheit heben ihn von den anderen ab. Und außerdem ist da ihr Verhalten. Die beiden Male davor hat sie zumindest noch eine Träne vergossen.

ROSEN

Ich kann nicht schlafen. Ich liege im Bett, wälze mich vom Rücken auf die Seite, von der Seite auf den Bauch. Ich schalte die Klimaanlage ein und wieder aus. Schließlich stehe ich auf und verlasse mein Schlafzimmer. Im Haus ist es ruhig. Sogar das Hausmädchen schläft. Ich gehe ins Wohnzimmer, in dem die Blumen der Dunkelheit zu trotzen scheinen. Ich berühre die Blütenblätter der Rosen. Ich ziehe eins ab. Dann noch eins. Und danach noch eins. Die Zeit vergeht langsam, während ich in meinem Nachthemd dastehe und Blume für Blume abzupfe, bis all die Blütenblätter zu meinen Füßen verstreut liegen.

Am Morgen höre ich meine Mutter kreischen – das Geräusch dringt in meinen Traum ein und zerrt mich zurück in mein Bewusstsein. Ich schlage die Decke zurück und flitze hinaus auf den Treppenabsatz; die Tür zu Ayoolas Zimmer geht auf, und ich höre sie hinter mir, während wir nach unten donnern. Ich spüre Kopfschmerzen aufziehen. Letzte Nacht habe ich zwei prächtige Blumensträuße zerfetzt, und nun steht meine Mutter vor den Überresten, überzeugt davon, dass jemand eingebrochen ist.

Das Mädchen eilt herbei. »Die Haustür ist immer noch verschlossen, Ma«, sagt sie jammernd zu meiner Mutter.

»Dann … wer könnte es … Waren Sie das etwa?«, blafft Mum das Mädchen an.

»Nein, Ma. Das würde ich nicht tun, Ma.«

»Wie ist es dann passiert?«

Wenn ich nicht bald etwas sage, wird meine Mutter beschließen, dass es das Hausmädchen war, und sie wird sie feuern. Wer könnte es denn schließlich sonst gewesen sein? Ich beiße mir auf die Lippe, während meine Mutter das Mädchen beschimpft, die den Kopf eingezogen hat und bis in ihre mit Perlen geschmückten Cornrows erzittert. Sie hat diese Vorwürfe nicht verdient, und ich weiß, dass ich etwas sagen muss. Aber wie soll ich das Gefühl erklären, das mich überkommen hat? Muss ich meine Eifersucht gestehen?

»Das war ich.«

Es sind Ayoolas Worte, nicht meine.

Meine Mutter verstummt mitten in ihrer Schimpftirade. »Aber … warum solltest du …«

»Wir haben uns gestern Abend gestritten. Tade und ich. Er hat mich provoziert. Also habe ich sie zerrupft. Ich hätte sie wegwerfen sollen. Tut mir leid.«

Sie weiß es. Ayoola weiß, dass ich es war. Ich halte den Kopf gesenkt, blicke nur auf die Blütenblätter auf dem Fußboden. Weshalb habe ich sie dort liegenlassen? Ich verabscheue Unordnung. Meine Mutter schüttelt den Kopf und versucht zu begreifen.

»Ich hoffe, du … hast dich bei ihm entschuldigt.«

»Ja, wir haben uns versöhnt.«

Das Hausmädchen geht einen Besen holen, um die Überreste meiner Wut zu beseitigen.

Ayoola und ich reden nicht über das, was vorgefallen ist.

VATER

Eines Tages türmte er sich vor mir auf und ließ die wüstesten Beschimpfungen auf mich herabregnen. Er griff nach seinem Stock, und dann … sackte er zusammen, und während er zu Boden fiel, schlug er mit dem Kopf gegen den gläsernen Wohnzimmertisch. Sein Blut war heller als die dunkle Farbe, die wir aus dem Fernsehen kannten. Ich stand vorsichtig auf, und Ayoola kam hinter dem Sofa hervor, wo sie in Deckung gegangen war. Wir standen über ihm. Zum ersten Mal waren wir größer. Wir sahen zu, wie das Leben aus ihm heraussickerte. Schließlich weckte ich meine Mutter aus ihrem Ambien-Schlaf und sagte ihr, es sei vorbei.

Das ist nun zehn Jahre her, und man erwartet von uns, dass wir ihn feiern, dass wir eine Jubiläumsfeier zu Ehren seines Lebens veranstalten. Tun wir es nicht, müssen wir uns am Ende noch unangenehmen Fragen stellen, und wenn wir eines sind, dann gründlich in unserer Täuschung der anderen.

»Wir könnten etwas bei uns zu Hause veranstalten?«, schlägt Mum dem betretenen Planungskomitee vor, das sich im Wohnzimmer versammelt hat.

Aunty Taiwo schüttelt den Kopf. »Nein, das ist zu klein. Mein Bruder verdient eine große Feier.«

Ich bin mir sicher, dass er in der Hölle gefeiert wird. Ayoola verdreht die Augen und kaut auf ihrem Kaugummi herum, ohne irgendetwas zum Gespräch beizutragen. Hin und wieder wirft Aunty Taiwo ihr einen besorgten Blick zu.

»Wo möchtest du sie abhalten, Aunty?«, frage ich mit eisiger Höflichkeit.

»In Lekki gibt es einen sehr hübschen Veranstaltungsort.« Sie nennt den Namen, und ich sauge die Luft durch die Zähne ein. Die Summe, die sie beizutragen angeboten hat, würde den Preis eines solchen Veranstaltungsortes noch nicht einmal zur Hälfte decken. Sie erwartet natürlich, dass wir auf das Geld zurückgreifen, das er uns hinterlassen hat, damit sie protzen, vor ihren Freunden angeben und eine Menge Champagner trinken kann. Er hat keine einzige Naira verdient, aber da meine Mutter den Schein wahren möchte, willigt sie ein.

Als die Verhandlungen beendet sind, lehnt Aunty Taiwo sich auf dem Sofa zurück und lächelt uns an. »Habt ihr beiden gerade einen Freund?«

»Ayoola geht mit einem Arzt aus!«, verkündet Mum.

»Ah, wunderbar. Ihr werdet ja auch langsam alt, und die Konkurrenz schläft nicht. Diese Mädchen meinen es ernst. Manche nehmen sogar anderen Frauen ihre Ehemänner weg!« Aunty Taiwo ist selbst so eine Frau – verheiratet mit einem ehemaligen Gouverneur, der bereits verheiratet war, als sie ihn kennenlernte. Sie ist eine neugierige Frau und besucht uns jedes Mal, wenn sie aus Dubai herüberfliegt, wobei ihr unsere Abneigung ihr gegenüber nichts auszumachen scheint. Sie hat keine eigenen Kinder und uns unzählige Male erklärt, sie sehe uns als ihre Ersatztöchter an. Wir sehen uns als nichts dergleichen an.

»Hilf mir bitte, ihnen das klarzumachen. Es ist, als wollten sie einfach für immer in diesem Haus bleiben.«

»Wisst ihr, Männer sind ausgesprochen wankelmütig. Gebt ihnen, was sie wollen, und sie werden alles für euch tun. Tragt euer Haar lang und glänzend, oder investiert in gute Zöpfe, kocht für ihn und schickt ihm das Essen nach Hause oder ins Büro. Streichelt sein Ego vor seinen Freunden und seid ihm zuliebe freundlich zu ihnen. Kniet vor seinen Eltern nieder und ruft sie an wichtigen Tagen an. Wenn ihr all diese Dinge tut, wird er euch einen Ring an den Finger stecken, und zwar ruck, zuck.«

Meine Mutter nickt wissend. »Ein sehr guter Rat.«

Natürlich hört keine von uns beiden zu. Ayoola hat in Sachen Männer noch nie Hilfe benötigt, und ich werde mich hüten, Lebensratschläge von einer Person anzunehmen, die keinen moralischen Kompass besitzt.

ARMBAND

Am Freitag um sieben kommt Tade sie abholen. Er ist pünktlich, Ayoola natürlich nicht. Tatsächlich hat sie noch nicht einmal geduscht – sie liegt auf ihrem Bett und lacht über autogetunete Katzen-Videos.

»Tade ist da.«

»Er ist zu früh.«

»Es ist nach sieben.«

»Oh!«

Aber sie bewegt sich keinen Millimeter. Ich gehe zurück nach unten, um Tade zu sagen, dass sie sich fertigmacht.

»Kein Problem, ich habe es nicht eilig.«

Meine Mum sitzt ihm von einem Ohr zum anderen strahlend gegenüber, und ich setze mich zu ihr aufs Sofa.

»Was sagten Sie gerade?«

»Ja, ich interessiere mich sehr für Immobilien. Mein Cousin und ich bauen im Augenblick einen Wohnblock in Ibeju-Lekki. Bis die Bauarbeiten abgeschlossen sind, wird es noch etwa drei Monate dauern, aber für fünf der Wohnungen haben wir bereits Abnehmer!«

»Das ist ja großartig!«, ruft sie, während sie im Kopf überschlägt, wie viel er wert ist. »Korede, biete unserem Gast etwas an.«

»Was hättest du gern? Kuchen? Kekse? Wein? Tee?«

»Ich möchte Ihnen keine Umstände machen ...«

»Bring einfach alles, Korede.« Also stehe ich auf und gehe in die Küche, wo das Hausmädchen gerade *Tinsel* schaut. Als sie mich sieht, springt sie auf und hilft mir, die Speisekammer zu plündern. Als ich mit den Leckerbissen zurückkehre, ist Ayoola noch immer nicht aufgetaucht.

»Der ist ja köstlich«, ruft Tade, nachdem er den ersten Bissen Kuchen zu sich genommen hat. »Wer hat den gebacken?«

»Ayoola«, erwidert meine Mum rasch und wirft mir einen warnenden Blick zu. Was für eine dumme Lüge. Es ist ein gestürzter Ananaskuchen, süß und saftig, und Ayoola könnte noch nicht einmal ein Spiegelei braten, wenn ihr Leben davon abhinge. Die Küche betritt sie nur selten, entweder um dort nach Snacks zu wühlen oder unter Zwang.

»Wow«, sagt er und kaut glücklich. Diese Neuigkeit erfreut ihn.

Da ich in Richtung Treppe sitze, bemerke ich sie als Erste. Er folgt meinem Blick und verdreht den Hals, um sie zu sehen. Ich höre, wie er die Luft einsaugt. Ayoola bleibt stehen und lässt sich bewundern. Sie trägt das Flapperkleid, das sie vor ein paar Wochen entworfen hat. Die goldenen Perlen harmonieren wunderbar mit ihrer Haut. Ihre Dreads sind zu einem dicken Zopf geflochten, den sie über ihre rechte Schulter drapiert hat, und ihre Absätze sind so hoch, dass jede andere längst die Treppe hinuntergefallen wäre.

Tade steht langsam auf und tritt an den Fuß der Treppe, wo sie aufeinandertreffen. Er zieht eine längliche Samtschachtel aus seiner inneren Anzugtasche.

»Du siehst wunderschön aus ... Das ist für dich.«

Ayoola nimmt das Geschenk entgegen und macht es auf. Lächelnd hebt sie das goldene Armband hoch, damit Mum und ich es sehen können.

ZEIT

#FemiDurandIsMissing wurde von #NaijaJollofvsKenyanJollof verdrängt. Die Menschen mögen sich zum Makaberen hingezogen fühlen, aber das hält niemals lange an, weshalb die Nachricht von Femis Verschwinden übertrumpft wurde von Diskussionen darüber, in welchem Land der Jollof-Reis besser schmeckt. Außerdem war er kein Kind mehr, sondern fast dreißig. Ich lese die Kommentare. Manche meinen, er habe wahrscheinlich alles sattgehabt und Lagos verlassen. Andere vermuten, er habe sich wohl umgebracht.

Um das Interesse an Femi aufrechtzuerhalten, hat seine Schwester begonnen, Gedichte von seinem Blog zu posten – www.wildthoughts.com. Ich kann nicht anders, als sie zu lesen. Er war sehr talentiert.

Ich fand die Ruhe
In deinen Armen;
Das Nichts, nach dem ich suche
Jeden Tag.
Du bist leer
Und ich bin voll.
Bis zum Ertrinken.

Ich frage mich, ob er dieses Gedicht über sie schrieb. Wenn er geahnt hätte, dass –

»Was siehst du dir da an?«

Ich knalle den Deckel meines Laptops zu. Ayoola steht in der Tür. Ich blicke sie scharf an.

»Erzähl mir noch einmal, was mit Femi geschehen ist«, bitte ich sie.

»Warum?«

»Mach es einfach, mir zuliebe.«

»Ich will nicht darüber sprechen. Daran zu denken macht mich traurig.«

»Du sagtest, er sei dir gegenüber aggressiv gewesen.«

»Ja.«

»Heißt das, er hat dich angefasst?«

»Ja.«

»Und du hast versucht, wegzurennen?«

»Ja.«

»Aber … er hatte eine Stichwunde im Rücken.«

Sie seufzt. »Hör zu, ich hatte Angst, und dann habe ich irgendwie rotgesehen. Ich weiß es auch nicht.«

»Wovor hattest du Angst?«

»Er hat mich bedroht, hat mir gedroht, was weiß ich, er würde mich schlagen und so. Er hat mich in die Enge getrieben.«

»Aber warum? Warum war er so wütend?«

»Ich … ich weiß es nicht mehr. Ich glaube, er hat ein paar Nachrichten von einem Typen auf meinem Telefon gesehen oder so, und dann ist er einfach ausgerastet.«

»Er hat dich also in die Enge getrieben, aber wie bist du dann an das Messer gekommen? Es war in deiner Tasche, oder nicht?«

Sie hält inne. »Ich … ich weiß es nicht … es ging alles so schnell. Wenn ich könnte, würde ich es rückgängig machen. Alles.«

DER PATIENT

»Ich möchte ihr glauben. Ich möchte glauben, dass es Notwehr war … ich meine, beim ersten Mal war ich wütend. Ich war überzeugt davon, dass Somto es verdient hatte. Und er war so … schmierig gewesen, andauernd leckte er sich die Lippen, andauernd fasste er sie an. Weißt du, einmal habe ich ihn dabei erwischt, wie er sich da unten gekratzt hat.«

Muhtar rührt sich nicht. Ich stelle mir vor, wie er sagt, sich die Eier zu kratzen sei kein Verbrechen.

»Nein, natürlich nicht. Aber es passte zu ihm, ich meine, einfach seine ganze … Schmierigkeit und Unanständigkeit machten es leicht, zu glauben, was sie ihm vorwarf. Selbst Peter war … zwielichtig. Sagte, er mache ›Geschäfte‹, und beantwortete jede Frage mit einer Gegenfrage.« Ich lehne mich zurück und schließe die Augen. »Das hasst doch jeder. Aber Femi … er war anders …«

Muhtar fragt sich, ob er wirklich so anders war. Immerhin klingt es, als wäre er genauso fixiert auf Ayoolas Aussehen gewesen wie Peter und Somto.

»Jeder ist fixiert auf ihr Aussehen, Muhtar …«

Er widerspricht, er sei es nicht, und ich lache. »Du hast sie ja noch nie gesehen.«

Plötzlich geht die Tür auf, und ich springe vom Stuhl. Tade betritt das Zimmer.

»Ich dachte mir schon, dass ich dich hier finden würde.« Er blickt auf Muhtars bewusstlosen Körper hinab. »Dieser Patient liegt dir wirklich am Herzen, oder?«

»Seine Familie besucht ihn nicht mehr so häufig.«

»Ja, das ist traurig. Aber es ist wohl der Lauf der Dinge. Wie ich gehört habe, war er Lehrer.«

»Ist.«

»Was?«

»Ist. Du sagtest ›war‹. Vergangenheit. Er ist nicht tot. Zumindest noch nicht.«

»Oh! Ja. Mein Fehler. Entschuldigung.«

»Du hast nach mir gesucht?«

»Ich … ich habe nichts von Ayoola gehört.« Ich lasse mich zurück in den Stuhl sinken. »Ich habe sie mehrmals angerufen. Sie geht nicht dran.«

Ich muss gestehen, dass ich mich ein wenig schäme. Ich habe Muhtar nichts von Ayoola und Tade erzählt und spüre nun intensiv sein Mitleid. Ich laufe rot an.

»Sie ist nicht gut im Zurückrufen.«

»Das weiß ich. Aber hier geht es um etwas anderes. Ich habe seit zwei Wochen nicht mit ihr gesprochen … Könntest du für mich mit ihr reden? Sie fragen, was ich falsch gemacht habe.«

»Ich möchte mich da lieber nicht einmischen …«

»Bitte, für mich.« Er geht in die Hocke und ergreift meine Hand, zieht sie an sein Herz und hält sie dort fest. »Bitte.«

Ich sollte Nein sagen, aber von der Wärme seiner um meine geschlungenen Hände wird mir schwindelig, und ich nicke unwillkürlich.

»Danke. Du hast was gut bei mir.«

Mit diesen Worten lässt er Muhtar und mich allein. Ich fühle mich zu lächerlich, um noch lange zu bleiben.

PUTZFRAU

Femis Familie hat eine Putzfrau in seine Wohnung geschickt, um diese für den Verkauf vorzubereiten – wahrscheinlich, um irgendwie weiterzumachen. Aber die Putzfrau entdeckte eine blutige Serviette hinter dem Sofa. Es ist alles auf Snapchat zu sehen, damit die ganze Welt erfährt, dass, was auch immer Femi zugestoßen sein mag, nicht aus freien Stücken geschah. Die Familie verlangt nun wieder nach Antworten.

Ayoola gibt mir gegenüber zu, womöglich habe sie dort gesessen. Womöglich habe sie die Serviette auf das Polster gelegt, um keine Flecken auf dem Sofa zu hinterlassen. Womöglich habe sie sie dort vergessen …

»Kein Problem, wenn ich gefragt werde, sage ich einfach, er hatte Nasenbluten.« Sie sitzt vor ihrer Frisierkommode und kümmert sich um ihre Dreadlocks, während ich hinter ihr stehe und die Hände immer wieder zu Fäusten balle und lockere.

»Ayoola, wenn du ins Gefängnis kommst – «

»Nur wer schuldig ist, kommt ins Gefängnis.«

»Erstens stimmt das nicht. Und zweitens hast du jemanden *umgebracht*.«

»Ich habe mich *verteidigt*, das wird der Richter verstehen, oder nicht?« Sie klopft sich Rouge auf die Wangen. Ayoola lebt in einer Welt, in der stets alles nach ihrem Willen gehen muss. Das ist ein Gesetz, so unumstößlich wie das der Schwerkraft.

Ich lasse sie mit ihrem Make-up allein und setze mich auf den oberen Treppenabsatz, die Stirn gegen die Wand gelehnt. Mein Kopf fühlt sich an, als würde sich darin ein Sturm zusammenbrauen. Die Wand sollte kühl sein, aber da es ein heißer Tag ist, spendet auch sie keine Erleichterung.

Wenn ich Angst habe, vertraue ich mich normalerweise Muhtar an – aber er ist im Krankenhaus, und hier ist niemand, mit dem ich meine Ängste teilen kann. Ich stelle mir zum millionsten Mal vor, wie es ablaufen würde, wenn ich meiner Mutter die Wahrheit sagte:

»Ma …«

»Hmmm.«

»Ich möchte mit dir über Ayoola sprechen.«

»Streitet ihr euch schon wieder?«

»Nein, Ma. Ich … es hat einen Vorfall gegeben mit, ähm, Femi.«

»Der Junge, der verschwunden ist?«

»Nun, er ist nicht verschwunden. Er ist tot.«

»Hey!!! Jésù ṣàánú fún wa o!«

»Ja … ähm … aber weißt du … Ayoola hat ihn umgebracht.«

»Was stimmt mit dir nicht? Wieso beschuldigst du deine Schwester?«

»Sie hat mich angerufen. Ich habe ihn gesehen … ich habe seine Leiche gesehen, ich habe das Blut gesehen.«

»Halt die Klappe! Denkst du, das ist etwas, worüber man Scherze machen sollte?«

»Mum … ich will nur …«

»Halt die Klappe, habe ich gesagt. Ayoola ist ein bezaubern-
des Kind mit einem wunderbaren Charakter ... ist es das?
Sagst du diese entsetzlichen Dinge, weil du eifersüchtig bist?«

Nein, meine Mutter einzuweihen wäre zwecklos. Es würde sie umbringen, oder sie würde kategorisch abstreiten,
dass es geschehen sein könnte. Sie würde es auch dann noch
leugnen, wenn sie selbst geholfen hätte, die Leiche zu ver-
graben. Und dann würde sie mir dafür die Schuld geben,
denn ich bin die ältere Schwester – ich bin für Ayoola verantwortlich.

So ist es immer gewesen. Ayoola zerbricht ein Glas, ich
werde beschuldigt, weil ich ihr das Getränk gereicht habe.
Ayoola fällt in einem Fach durch, ich werde beschuldigt,
weil ich ihr keine Nachhilfe gegeben habe. Ayoola nimmt
sich einen Apfel und verlässt das Geschäft, ohne dafür zu
bezahlen, ich werde beschuldigt, weil ich zugelassen habe,
dass sie Hunger bekommt.

Ich habe mich bereits gefragt, was wohl passieren würde,
wenn Ayoola geschnappt würde. Wenn sie ausnahmsweise
einmal für ihre Taten zur Verantwortung gezogen würde.
Ich stelle mir vor, wie sie sich herauszureden versucht, aber
für schuldig erklärt wird. Der Gedanke reizt mich. Ich koste
ihn einen Augenblick lang aus, dann zwinge ich mich, die
Fantasie beiseitezuschieben. Sie ist meine Schwester. Ich will
nicht, dass sie im Gefängnis verrottet, und außerdem würde
Ayoola, so wie sie nun einmal ist, das Gericht wahrscheinlich davon überzeugen, dass sie unschuldig wäre. Ihre Taten
seien die Schuld ihrer Opfer gewesen, und sie habe gehandelt,
wie jeder andere vernünftige und bildschöne Mensch es unter diesen Umständen auch getan hätte.

»Madam?«

Ich blicke auf, vor mir steht das Hausmädchen. Sie hält mir ein Glas Wasser hin. Ich nehme es entgegen und halte es an meine Stirn. Das Glas ist eiskalt, und ich schließe seufzend die Augen. Ich bedanke mich, und sie verschwindet so lautlos, wie sie gekommen ist.

In meinem Kopf klopft es laut und hektisch. Stöhnend rolle ich mich zur anderen Seite, ich will nicht aufwachen. Ich liege komplett angezogen im Bett. Es ist dunkel, und das Klopfen kommt von der Tür und nicht aus meinem Kopf. Ich richte mich auf und versuche, gegen die noch immer starke Wirkung des Schmerzmittels anzukämpfen, das ich genommen habe. Ich gehe zur Tür und schließe sie auf. Ayoola drängt sich an mir vorbei.

»Scheiße, scheiße, scheiße. Wir wurden gesehen!«

»Was?«

»Schau!« Ayoola hält mir ihr Telefon vors Gesicht, und ich nehme es ihr ab. Sie ist auf Snapchat, und das Video, das gerade läuft, zeigt Gesicht und Schultern von Femis Schwester. Ihr Make-up ist makellos, aber ihr Gesichtsausdruck ist finster.

»Leute, ein Nachbar hat sich gemeldet. Er habe erst nichts gesagt, weil er dachte, es wäre unwichtig, aber jetzt, wo er von dem Blut gehört hat, will er uns alles berichten, was er weiß. Er sagt, er habe in jener Nacht zwei Frauen die Wohnung meines Bruders verlassen sehen. Zwei! Er habe sie nicht allzu deutlich erkennen können, aber er sei sich ziemlich sicher, dass eine von ihnen Ayoola war – das Babe, das meinen Bruder gedatet hat. Ayoola hat uns nicht erzählt, dass noch eine zweite Frau bei ihr war … Warum lügt sie?«

Ein kalter Schauer jagt mir den Rücken hoch und wieder runter.

Unvermittelt schnipst Ayoola mit den Fingern. »Weißt du was? Ich hab's!«

»Was denn?«

»Wir sagen, du hättest hinter meinem Rücken mit ihm geschlafen.«

»Was?!«

»Und ich bin reingekommen, habe euch erwischt und mit ihm Schluss gemacht, dann bist du mir nach draußen gefolgt. Aber ich habe nichts gesagt, weil ich nicht schlecht über jemanden reden wollte, der …«

»Du bist unglaublich.«

»Sieh mal, ich weiß, dass es dich schlecht dastehen lässt, aber es ist besser als die Alternative.«

Ich schüttele den Kopf, reiche ihr das Telefon und halte ihr die Tür zum Gehen auf.

»Okay. Okay … wie wäre es, wenn wir sagen, er hätte dich gerufen, um zwischen uns zu vermitteln. Ich wollte Schluss machen, und er dachte, du könntest es mir ausreden …«

»Oder … wie wäre es damit: Er wollte mit *dir* Schluss machen, und *du* dachtest, ich könnte zwischen euch vermitteln, und *du* hast dich bloß geschämt, es zu sagen.«

Ayoola beißt sich auf die Lippe. »Aber würden die Leute das wirklich glauben?«

»Raus hier.«

BADEZIMMER

Wieder allein, tigere ich in meinem Zimmer umher.

Femis Eltern haben das nötige Geld, um die Neugier und die Professionalität der Polizei zu wecken. Und nun haben sie etwas, worauf sie ihre Angst und Verwirrung richten können. Sie werden Antworten verlangen.

Zum ersten Mal in meinem Erwachsenenleben wünschte ich, er wäre hier. Er wüsste, was zu tun ist. Er würde bei jedem einzelnen Schritt alles unter Kontrolle haben. Er würde nicht zulassen, dass ein schwerwiegender Fehler seiner Tochter seinen Ruf zerstört – er hätte die ganze Angelegenheit schon vor Wochen unter den Teppich gekehrt.

Allerdings hätte Ayoola solche Dinge wahrscheinlich gar nicht getan, wäre er noch am Leben. Die einzige Form der Strafe, vor der sie sich jemals fürchtete, ging von ihm aus.

Ich lasse mich auf mein Bett sinken und gehe die Nacht von Femis Tod in Gedanken durch. Sie streiten, oder etwas in der Art. Ayoola hat ihr Messer dabei, da sie es mit sich herumträgt wie andere Frauen Tampons. Sie ersticht ihn und verlässt dann das Badezimmer, um mich anzurufen. Sie legt die Serviette auf das Sofa und setzt sich darauf. Sie wartet auf mich. Ich komme an, wir tragen die Leiche fort. In diesem Augenblick waren wir am ungeschütztesten. Soweit ich es beurteilen kann, hat niemand gesehen, wie wir die Leiche aus der Wohnung transportiert haben, aber ich kann es nicht mit hundertprozentiger Sicherheit sagen.

In meinem Zimmer ist alles an seinem Platz, es gibt nichts, was sortiert oder saubergemacht werden müsste. Auf meinem Schreibtisch steht mein Laptop, mein Ladegerät ist ordentlich aufgewickelt und mit einem Kabelbinder befestigt. Mein Sofa steht gegenüber dem Bett, seine Sitzfläche ist frei von jeglichem Durcheinander, ganz anders als jene von Ayoolas Sofa, das unter den Schnittmustern und verschiedenen bunten Stoffen förmlich ertrinkt. Meine Bettdecke ist zurückgeschlagen, das Laken ist an den Seiten fest eingesteckt. Mein Kleiderschrank ist geschlossen und verbirgt gefaltete, aufgehängte und nach Farben sortierte Kleidung. Aber ein Badezimmer kann man gar nicht oft genug saubermachen, also kremple ich mir die Ärmel hoch und steuere die Toilette an. Im Schränkchen unter dem Waschbecken steht alles, was ich brauche, um gegen Dreck und Krankheiten vorzugehen – Handschuhe, Bleiche, Desinfektionstücher, Desinfektionsspray, Schwamm, WC-Reiniger, Allzweckreiniger, Oberflächenreiniger, Klobürste und Saugglocke, Müllbeutel mit Geruchsschutz. Ich streife die Handschuhe über und ziehe den Oberflächenreiniger hervor. Ich brauche Zeit zum Nachdenken.

FRAGEN

Die Polizei schickt zwei Beamte vorbei, um Ayoola zu befragen. Femis Familie hat wohl keine Lust mehr, sich höflich zurückzuhalten. Die Polizisten kommen in unser Haus, und meine Mutter bittet mich, ihnen eine Erfrischung zu bringen.

Minuten später sitzen wir drei – Ayoola, Mum und ich – mit den beiden Polizisten am Tisch. Sie essen Kuchen und trinken Cola und besprühen uns mit Krümeln, während sie ihre Fragen stellen. Der jüngere stopft sich den Mund voll, als hätte er seit Tagen nichts gegessen, obgleich der Stuhl ihn kaum tragen kann.

»Er hat Sie also zu sich nach Hause eingeladen?«

»Ja.«

»Und dann ist Ihre Schwester gekommen?«

»Mm-hmm.«

»Ja oder nein, Ma.«

»Ja.«

Ich habe Ayoola gebeten, ihre Antworten kurz und auf den Punkt zu formulieren, so wenig wie möglich zu lügen und Blickkontakt zu halten.

Als sie mir mitteilte, die Polizei seien unterwegs, schob ich Ayoola ins Arbeitszimmer unseres Vaters.

Frei von Büchern und Erinnerungsstücken war es lediglich ein muffiger Raum mit einem Tisch, einem Sessel und einem Teppich. Es war düster, also zog ich einen Vorhang zurück – das helle Licht enthüllte Staubpartikel, die überall um uns herumschwebten.

»Warum hast du mich hierhergebracht?«

»Wir müssen reden.«

»Hier?« Es gab keine Ablenkungen – kein Bett, auf das Ayoola sich legen konnte, keinen Fernseher, der ihren Blick einfing, und keinen Stoff, an dem sie herumspielen konnte.

»Setz dich.« Sie runzelte die Stirn, fügte sich jedoch. »Wann hast du Femi zuletzt gesehen?«

»Was?! Du weißt, wann ich – «

»Ayoola, wir müssen auf diese Fragen vorbereitet sein.« Sie machte große Augen, dann lächelte sie. Sie lehnte sich zurück.

»Lehn dich nicht zurück, du willst nicht zu entspannt wirken. Eine unschuldige Person wäre dennoch angespannt. Warum hast du ihn umgebracht?« Ihr Lächeln verschwand.

»Würden sie das wirklich fragen?«

»Es kann sein, dass sie dir eine Falle stellen wollen.«

»Ich habe ihn nicht umgebracht.« Sie sah mir direkt in die Augen, während sie es sagte.

Ja, jetzt erinnere ich mich, ich musste ihr nicht erst beibringen, Blickkontakt zu halten. Sie war bereits ein Profi.

Der jüngere Polizist wird rot. »Wie lange waren Sie beide schon zusammen, Ma?«

»Einen Monat.«

»Das ist nicht besonders lang.«

Sie sagt nichts, und ich spüre Stolz in mir aufkommen.

»Aber er wollte sich von Ihnen trennen?«

»Mm-hmm.«

»Er – wollte – sich – von – Ihnen – trennen? Abi, war es vielleicht andersherum?«

Ich frage mich, ob Ayoola recht hatte, ob ich in meiner Wut übersehen hatte, wie unwahrscheinlich es war, dass ein Mann sie willentlich aufgeben würde. Selbst jetzt verblassen wir alle neben ihr. Sie trägt eine einfache graue Bluse und marineblaue Hosen, hat außer Augenbrauenstift kein Make-up aufgetragen und keinerlei Schmuck angelegt – aber das lässt sie nur jünger und frischer aussehen. Wenn sie den Polizisten gelegentlich ein Lächeln schenkt, zeigt sie dabei ihre tiefen Grübchen.

Ich räuspere mich und hoffe, Ayoola versteht die Botschaft.

»Spielt es denn eine Rolle, wer Schluss machen wollte?«

»Ma, wenn Sie Schluss machen wollten, müssen wir das wissen.«

Sie seufzt und ringt die Hände.

»Ich mochte ihn, aber er war eigentlich nicht mein Typ …«

Meine Schwester hat den falschen Beruf. Sie sollte vor einer Kamera stehen, während die Scheinwerfer ihre Unschuld ausleuchten.

»Wer ist denn Ihr Typ, Ma?«, fragt der Jüngere.

»Ihre Schwester kam also, um in der Angelegenheit zu vermitteln?«, fügt der Ältere rasch hinzu.

»Ja. Sie kam, um zu helfen.«

»Und hat sie?«

»Hat sie was?«

»Hat sie geholfen? Sind Sie wieder zusammengekommen?«

»Nein … es war vorbei.«

»Sie und Ihre Schwester sind also gemeinsam gegangen und haben ihn dort zurückgelassen.«

»Mmmm.«

»Ja oder nein?«

»Sie hat Ihnen doch schon geantwortet«, mischt Mum sich ein. Ich spüre erneut Kopfschmerzen im Anmarsch. Jetzt ist nicht der richtige Zeitpunkt für ihre Bärenmutterinstinkte. Nachdem sie sich den Großteil der Vernehmung hindurch im Griff hatte, hat sie sich nun aufgeblasen. Ich kann mir vorstellen, dass nichts von alledem für sie Sinn ergibt. Ayoola tätschelt ihr die Hand.

»Ist schon okay, Mum, sie machen nur ihre Arbeit. Die Antwort ist Ja.«

»Ich danke Ihnen, Ma. Was hat er gemacht, als Sie ihn verließen?«

Ayoola beißt sich auf die Lippe, blickt nach oben und dann nach rechts. »Er ist uns zur Tür gefolgt und hat sie zugemacht.«

»War er wütend?«

»Nein. Resigniert.«

»Resigniert, Ma?«

Sie seufzt. Es ist eine meisterhafte Mischung aus Ermüdung und Traurigkeit. Wir sehen zu, wie sie einen Dreadlock um ihren Finger wickelt. »Ich meine, er hat akzeptiert, dass es zwischen uns nicht funktionieren wird.«

»Ms Korede, teilen Sie diese Einschätzung? Hat Mr Durand sein Schicksal angenommen?«

Ich denke an die Leiche, halb liegend, halb sitzend auf dem Badezimmerfußboden, und an das Blut. Ich bezweifle, dass er Zeit hatte, sich mit seinem Schicksal abzufinden, oder es gar anzunehmen.

»Ich kann mir vorstellen, dass er unglücklich war. Aber er hätte nichts mehr tun können, um sie zu überreden.«

»Und dann sind Sie beide nach Hause gefahren?«

»Ja.«

»Im selben Wagen?«

»Ja.«

»In Ms Koredes Wagen?« Ich grabe mir die Fingernägel in die Oberschenkel und blinzle. Wieso interessieren sie sich so sehr für meinen Wagen? Welchen Verdacht könnten sie hegen? Hat uns jemand dabei gesehen, wie wir die Leiche weggetragen haben? Ich versuche, meinen Atem zu verlangsamen, ohne Aufmerksamkeit auf mich zu ziehen. Nein, niemand hat uns gesehen. Wenn jemand gesehen hätte, wie wir ein menschenförmiges Bündel herumschleppen, würde diese Befragung nicht in der Geborgenheit unseres eigenen Zuhauses stattfinden. Diese Männer verdächtigen uns eigentlich gar nicht. Sie wurden wahrscheinlich dafür bezahlt, uns zu befragen.

»Ja.«

»Wie sind Sie dort hingekommen, Ms Ayoola?«

»Ich fahre nicht gern, ich habe ein Uber genommen.«

Sie nicken.

»Dürften wir einen Blick auf Ihren Wagen werfen, Ms Korede?«

»Warum?«, fragt meine Mutter. Ich sollte gerührt sein, weil sie auch das Bedürfnis verspürt, mich zu verteidigen, aber stattdessen bin ich wütend darüber, dass sie nichts ahnt, nichts weiß. Weshalb sollten ihre Hände sauber sein, während meine immer schmutziger werden?

»Wir wollen nur sichergehen, dass wir an alles gedacht haben.«

»Warum sollen wir all das über uns ergehen lassen? Meine Mädchen haben nichts Schlimmes getan!« Meine Mutter erhebt sich von ihrem Platz, während sie ihre aufrichtige, jedoch verfehlte Verteidigung hervorbringt. Der ältere Polizist runzelt die Stirn, steht auf, wobei er mit den Stuhlbeinen über den Marmorfußboden kratzt, und drängt seinen Partner, ihm zu folgen. Vielleicht lasse ich diese Sache einfach ihren Lauf nehmen. Wären unschuldige Personen denn nicht empört?

»Ma, wir wollen nur kurz einen Blick darauf werfen – «

»Wir sind entgegenkommend genug gewesen. Bitte gehen Sie jetzt.«

»Ma, wenn es sein muss, kommen wir mit den nötigen Papieren wieder.«

Ich will etwas sagen, bringe aber die Worte nicht hervor. Ich bin wie gelähmt – ich kann nur noch an das Blut denken, das im Kofferraum war.

»Gehen Sie«, wiederholt meine Mutter mit Nachdruck. Sie marschiert zur Tür, und die beiden sind gezwungen, ihr zu folgen. Sie nicken Ayoola knapp zu und verlassen dann das Haus. Mum knallt die Tür hinter ihnen zu. »Diese Idioten sind einfach unmöglich.«

Ayoola und ich antworten nicht. Wir gehen beide unsere Optionen durch.

BLUT

Am nächsten Tag kommen sie wieder und nehmen mein Auto mit – meinen silbernen Ford Focus. Wir drei stehen mit verschränkten Armen an der Türschwelle und sehen ihnen nach. Mein Auto wird zu einem Polizeirevier in einer Gegend gebracht, in der ich mich nie aufhalte, um gründlich nach Hinweisen auf ein Verbrechen durchsucht zu werden, das ich nicht begangen habe, während Ayoolas Fiesta ungestört auf unserem Grundstück steht. Mein Blick heftet sich auf seine weiße Hecktür. Es hat den Glanz eines frisch gewaschenen Fahrzeugs. Es wurde nicht mit Blut befleckt.

Ich wende mich Ayoola zu.

»Ich fahre mit deinem Auto zur Arbeit.«

Ayoola runzelt die Stirn. »Aber was, wenn ich tagsüber irgendwohin muss?«

»Du kannst ein Uber nehmen.«

»Korede«, setzt Mum vorsichtig an. »Wieso nimmst du nicht meinen Wagen?«

»Ich habe keine Lust, mit Kupplung zu fahren. Ayoolas Auto ist super.«

Ich gehe ins Haus zurück und nach oben in mein Zimmer, bevor eine von ihnen Gelegenheit hat, zu antworten. Meine Hände sind kalt, also reibe ich sie an meiner Jeans.

Ich habe das Auto saubergemacht. Ich habe es bis auf den letzten Millimeter geputzt. Wenn sie auch nur einen Tropfen Blut finden, dann hat jemand während der Durchsuchung geblutet. Ayoola klopft an meine Tür und tritt ein. Ich schenke ihr keine Beachtung und greife nach dem Besen, um meinen Fußboden zu fegen.

»Bist du sauer auf mich?«

»Nein.«

»Ich hatte fast den Eindruck.«

»Ich stehe nur nicht gern ohne Wagen da, das ist alles.«

»Und es ist meine Schuld.«

»Nein, es ist Femis Schuld, weil er meinen ganzen Kofferraum vollgeblutet hat.«

Mit einem Seufzen setzt sie sich auf mein Bett und ignoriert dabei mein »Hau ab«-Gesicht.

»Weißt du, du bist nicht die Einzige, die leidet. Du tust so, als würdest du diese große Sache ganz allein mit dir herumschleppen, aber ich mache mir auch Sorgen.«

»Wirklich? Letztens hast du noch ›I Believe I Can Fly‹ gesungen.«

Ayoola zuckt die Achseln. »Das ist ein gutes Lied.«

Ich bemühe mich, nicht zu schreien. Sie erinnert mich immer mehr an ihn. Er konnte etwas Böses tun und sich direkt im Anschluss wie ein Musterbürger benehmen. Als wäre das Böse nie geschehen. Steckt das im Blut? Aber sein Blut ist mein Blut, und mein Blut ist ihres.

VATER

Ayoola und ich tragen Aṣọ Ẹbí. Zu solchen Anlässen ist es Brauch, aufeinander abgestimmte Ankara-Outfits zu tragen. Sie hat die Farbe ausgewählt – ein dunkelviolettes Ensemble. Er hasste die Farbe Lila, was ihre Wahl perfekt macht. Sie hat unsere beiden Kleider auch selbst entworfen – meins ist ein Meerjungfrauenkleid, das meiner großen Statur schmeichelt, ihres schmiegt sich an jede ihrer Kurven. Wir tragen beide Sonnenbrillen, um die Tatsache zu verbergen, dass unsere Augen trocken sind.

In der Kirche weint meine Mutter vornübergebeugt, ihre Schluchzer sind so laut und mächtig, dass sie ihren ganzen Körper erschüttern. Ich frage mich, woran sie wohl denkt, um diese Tränen hervorzurufen – an ihre eigene Schwäche? Vielleicht erinnert sie sich aber auch einfach nur daran, was er ihr angetan hat, uns.

Mein Blick schweift über die Kirchenbänke, und ich sehe Tade, der sich gerade einen Sitzplatz sucht.

»Du hast ihn eingeladen?«, zische ich.

»Ich habe ihm davon erzählt. Eingeladen hat er sich selbst.«

»Scheiße.«

»Was ist denn? Du hast gesagt, ich soll nett zu ihm sein.«

»Ich habe gesagt, du sollst reinen Tisch machen. Ich habe nicht gesagt, dass du ihn weiter in die Sache reinziehen sollst.« Meine Mutter kneift mich, und ich halte den Mund, aber mein Körper zittert. Jemand legt mir eine freundliche Hand auf die Schulter, da ich wohl erschüttert wirke. Das bin ich auch, nur nicht so, wie die anderen denken.

»Schließen wir nun die Augen und erinnern uns an diesen Mann, denn die Jahre, die er mit uns verbracht hat, waren ein Geschenk Gottes.« Der Priester spricht leise und feierlich. Ihm fällt es leicht, diese Worte auszusprechen, da er den Mann nicht gekannt hat. Niemand hat ihn wirklich gekannt.

Ich schließe die Augen und murmle Worte der Dankbarkeit an welche Mächte auch immer seine Seele nun gefangen halten. Ayoola tastet nach meiner Hand, und ich lasse es zu.

Nach dem Gottesdienst kommen die Menschen, um uns ihr Beileid auszudrücken und uns alles Gute zu wünschen. Eine Frau tritt vor mich, nimmt mich in den Arm und will mich gar nicht mehr loslassen. Sie beginnt zu flüstern: »Dein Vater war ein großartiger Mann. Er rief mich immer an, um zu fragen, wie es mir geht, und er half mir mit den Studiengebühren …« Ich bin versucht, ihr mitzuteilen, dass er mehrere Geliebte an verschiedenen Universitäten in Lagos hatte. Wir hatten längst den Überblick verloren. Einst erklärte er mir, man müsse die Kuh eben füttern, bevor man sie schlachte, das sei nun einmal der Lauf der Dinge.

Ich antworte mit einem schlichten: »Ja, er hat viele Rechnungen bezahlt.« Wenn ein Mann Geld hat, sind Mädchen von der Universität für ihn das, was Plankton für einen Wal ist. Sie lächelt mich an, dankt mir und geht ihrer Wege.

Der Empfang ist genauso, wie man es erwarten würde – ein paar bekannte Gesichter, umgeben von Menschen, an die wir uns nicht erinnern, denen wir aber trotzdem zulächeln. Als ich einen Augenblick Zeit für mich habe, gehe ich nach draußen und rufe erneut bei der Polizeiwache an, um zu fragen, wann sie mein Auto zurückbringen. Und wieder bekomme ich eine Abfuhr erteilt. Wenn es irgendetwas zu finden gäbe, dann hätten sie es mittlerweile gefunden, aber der Mann am anderen Ende der Leitung interessiert sich nicht für meine Logik.

Ich kehre rechtzeitig zurück, um Aunty Taiwo auf der Tanzfläche zu sehen, wo sie vorführt, dass sie die neuesten Schritte zu den neuesten Hits kennt. Ayoola sitzt umringt von drei Typen, die alle um ihre Aufmerksamkeit buhlen. Tade ist bereits gegangen, und diese Typen hoffen nun, ihn für immer zu ersetzen. Er hat versucht, sie zu unterstützen, die ganze Zeit an ihrer Seite zu bleiben, wie es sich für einen Mann gehört, aber Ayoola war viel zu beschäftigt, hierhin und dorthin zu huschen und sich im Rampenlicht zu sonnen. Wäre er mein, würde ich niemals von seiner Seite weichen. Ich reiße meinen Blick von ihr los und nippe an meinem Chapman.

MAGA

»Aunty, hier ist ein Mann, der Sie sehen will.«

Ayoola sieht sich in meinem Zimmer einen Film auf dem Laptop an. Sie könnte ihn genauso gut in ihrem Zimmer anschauen, aber irgendwie scheint es sie immer zu mir zu treiben. Sie hebt den Kopf und blickt das Hausmädchen an. Ich richte mich sofort auf. Das muss die Polizei sein. Meine Hände sind kalt.

»Wer ist es?«

»Ich kenne ihn nicht, Ma.«

Ayoola wirft mir einen nervösen Blick zu, während sie von meinem Bett aufsteht, und ich folge ihr nach draußen. Der Herr sitzt auf unserem Sofa, und ich kann von oben aus erkennen, dass es sich weder um einen Polizisten noch um Tade handelt. Der Fremde hält einen Strauß Rosen in der Hand.

»Gboyega!« Sie eilt die Treppen hinunter, und er fängt sie mit einem Arm auf, bevor er sie herumwirbelt. Sie küssen sich.

Gboyega ist ein großer Mann mit einem ausladenden Bauch. Er hat ein rundes, bärtiges Gesicht und kleine, scharf blickende Augen. Außerdem hat er mindestens fünfzehn Jahre mehr Lebenserfahrung als Ayoola. Würde ich die Augen zusammenkneifen, könnte ich wahrscheinlich erkennen, worin seine Attraktivität liegt. Aber als Erstes erkenne ich die Bvlgari-Uhr an seinem Handgelenk und die Ferragamo-Schuhe an seinen Füßen. Er sieht mich an.

»Hallo.«

»Gboyega, das ist Korede, meine große Schwester.«

»Korede, freut mich, Sie kennenzulernen. Ayoola hat mir erzählt, wie sehr Sie sich um sie kümmern.«

»Da sind Sie eindeutig im Vorteil. Ich habe über Sie nämlich noch gar nichts gehört.«

Ayoola lacht, als wäre meine Bemerkung ein Witz, und wischt sie mit einer Handbewegung fort.

»Gboye, du hättest anrufen sollen.«

»Ich weiß doch, wie sehr du Überraschungen magst, außerdem bin ich gerade erst gelandet.« Er beugt sich über sie, und sie küssen sich erneut. Ich bemühe mich, nicht zu würgen. Er überreicht ihr die Blumen, und sie erzeugt die angemessenen Gurrlaute, obwohl die Rosen im Vergleich zu denen, die Tade ihr geschickt hat, blass aussehen. »Lass mich dich ausführen.«

»Okay, ich muss mich nur umziehen. Korede, leistest du Gboye Gesellschaft?« Bevor ich Nein sagen kann, ist sie die Treppe schon wieder hinaufgeflitzt. Ich beschließe, ihre Bitte dennoch zu ignorieren, und folge ihr nach oben.

»Sie sind also Krankenschwester?«, fragt er an meinen sich entfernenden Rücken gerichtet. Seufzend bleibe ich stehen.

»Und Sie sind verheiratet«, erwidere ich.

»Was?«

»Ihr Ringfinger; die Stelle, an der normalerweise der Ring sitzt, ist heller als der Rest.«

Er schüttelt lächelnd den Kopf. »Ayoola weiß Bescheid.«

»Ja. Das kann ich mir denken.«

»Ich mag sie. Ich möchte nur das Beste für sie, immer«, erklärt er. »Ich habe ihr das Startkapital für ihr Modeunternehmen gegeben, müssen Sie wissen, und für ihren Kurs bezahlt.«

Ich bin überrascht. Mir hat sie erzählt, sie hätte ihn aus eigener Tasche bezahlt – von den Erträgen ihrer YouTube-Videos. Sie hielt mir sogar einen scheinheiligen Vortrag über meinen mangelnden Geschäftssinn. Je mehr er redet, desto klarer wird mir, dass ich ein Maga bin – eine Idiotin, die ausgenutzt wurde. Gboyega ist nicht das Problem, er ist nur ein weiterer Mann, eine weitere Person, die von Ayoola benutzt wird. Wenn überhaupt, sollte man Mitleid mit ihm haben. Ich möchte ihm sagen, wie viel wir gemeinsam haben, auch wenn er sich mit den Dingen brüstet, die er für sie getan hat, während ich mich über diejenigen zu ärgern beginne, die ich getan habe. Aus Solidarität, und um ihn zum Schweigen zu bringen, biete ich ihm ein Stück Kuchen an.

»Gern, ich liebe Kuchen. Haben Sie auch Tee?«

Ich nicke. Als ich an ihm vorbeigehe, zwinkert er mir zu.

»Korede.« Er hält inne. »Ẹ jọ o, spucken Sie mir nicht in den Tee.«

Ich gebe dem Hausmädchen die nötigen Anweisungen, nehme dann die Abkürzung durch die Küche und stürme die Hintertreppe hinauf, um Ayoola zu verhören. Sie trägt gerade Eyeliner am unteren Lid auf.

»Was zum Teufel ist hier los?«

»Deshalb habe ich dir nichts erzählt. Du verurteilst einen immer so schnell.«

»Ist das dein Ernst? Er sagt, er habe für deinen Modekurs

bezahlt. Du hast behauptet, du hättest das Geld selbst aufgebracht.«

»Ich habe einen Sponsor gefunden. Läuft doch aufs Gleiche hinaus.«

»Was ist mit deinen … Was ist mit Tade?«

»Was er nicht weiß, tut ihm auch nicht weh. Außerdem, kannst du es mir denn verübeln, dass ich gern ein bisschen Aufregung in meinem Leben habe? Tade kann so langweilig sein. Und er ist so bedürftig. Abeg, ich brauche eine Pause.«

»Was stimmt bloß nicht mit dir? Wann wirst du endlich aufhören?!«

»Womit aufhören?«

»Ayoola, du schickst diesen Mann besser fort, oder ich schwöre, dass ich – «

»Dass du was?« Sie reckt das Kinn und starrt mich an.

Ich tue nichts. Ich möchte ihr drohen, ihr sagen, dass sie die Konsequenzen ihrer Taten ausnahmsweise einmal selbst zu spüren bekommen wird, sollte sie nicht auf mich hören. Ich möchte schreien und brüllen, aber genauso gut könnte ich eine Wand anbrüllen. Ich stürme in mein Zimmer. Dreißig Minuten später verlässt sie gemeinsam mit Gboyega das Haus.

Sie kehrt nicht vor ein Uhr morgens zurück.

Ich schlafe nicht vor ein Uhr morgens ein.

VATER

Er kam oft spät nach Hause. An jenen Abend erinnere ich mich allerdings, weil er nicht alleine war. An seinem Arm hing eine gelbe Frau. Wir kamen aus meinem Zimmer, weil wir Mum schreien hörten, und dort standen sie, auf dem Treppenabsatz. Meine Mutter trug Unterhemd und Wickelrock, ihre übliche Schlafkleidung.

Sie erhob niemals die Stimme gegen ihn. In jener Nacht aber war sie wie eine Furie, ihr Afro war von allen Bändern und Beschränkungen befreit, was sie noch wahnsinniger erscheinen ließ. Sie war Medusa, und die beiden waren bei ihrem Anblick zu Stein erstarrt. Sie versuchte, die Frau von seinem Arm zu zerren.

»Ẹ gbà mí o! Ṣ'o fé b'alé mi jé? Ṣ'o fé yí mi lórí ni? Olúwa k'ọjú sí mi!« Sie schrie nicht einmal ihren Ehemann an – sie war wütend auf den Eindringling. Ich weiß noch, dass ich meine Mutter anzischte, obwohl ich Tränen in den Augen hatte. Ich weiß noch, wie lächerlich sie aussah, so außer sich, während er groß und ungerührt vor ihr stand.

Er sah seine Frau gleichgültig an. »Wenn du jetzt nicht sofort die Klappe hältst, dann werde ich dafür sorgen«, informierte er sie streng.

Neben mir hielt Ayoola den Atem an. Er machte seine

Drohungen stets wahr. Diesmal vergaß meine Mutter jedoch alles um sich herum, sie war in ein Tauziehen mit der Frau verwickelt, die, wie ich heute weiß, nicht älter als zwanzig gewesen sein konnte, auch wenn sie für mich damals wie eine Erwachsene aussah. Heute verstehe ich auch, dass meine Mutter zwar von seinen Fehltritten gewusst haben musste, aber mitansehen zu müssen, wie diese in ihrem Haus stattfanden, war mehr, als sie ertragen konnte.

»Befrei mich!«, rief das Mädchen und versuchte, ihr Handgelenk aus dem erbitterten Griff meiner Mutter zu lösen.

Augenblicke später riss er unsere Mutter an den Haaren von den Füßen und schleuderte sie gegen die Wand. Dann schlug er ihr ins Gesicht. Ayoola wimmerte und klammerte sich an mich. Die »Frau« lachte.

»Siehst du, mein Liebster lässt nicht zu, dass du mich anfasst.«

Meine Mutter glitt an der Wand zu Boden. Sie stiegen über sie hinweg und gingen weiter in sein Schlafzimmer. Wir warteten, bis die Luft rein war und rannten ihr dann zu Hilfe. Sie war untröstlich. Sie wollte, dass wir sie dort weinen ließen. Sie heulte. Ich musste sie schütteln.

»Mummy, bitte, lass uns nach oben gehen.«

In jener Nacht schliefen wir alle drei in meinem Zimmer.

Am nächsten Morgen war das bananenfarbige Mädchen verschwunden, und wir saßen zum Frühstück um den Tisch und schwiegen, nur mein Vater sprach laut über den vor ihm liegenden Tag und lobte seine »perfekte Ehefrau« für ihre exzellenten Kochkünste. Er versuchte nicht etwa, sich einzuschmeicheln, er hatte den Vorfall einfach hinter sich gelassen.

Nicht lange danach wurde Ambien zu Mutters Stütze.

RECHERCHE

Ich starre auf Gboyegas Foto auf Facebook. Der Mann, der zurückstarrt, ist eine jüngere, schlankere Version von ihm. Ich scrolle durch seine Bilder, bis ich überzeugt davon bin, zu wissen, was für eine Art Mensch er ist. Folgendes bringe ich in Erfahrung:

Eine gut gekleidete Ehefrau und drei groß gewachsene Söhne; die beiden älteren gehen mittlerweile in England auf die Schule, während der jüngste noch hier die Mittelschule besucht. Sie wohnen in einem Townhouse auf Banana Island – eine der teuersten Wohnsiedlungen in Lagos. Er arbeitet im Öl- und Gas-Sektor. Seine Bilder zeigen hauptsächlich Urlaube in Frankreich, den USA, Dubai etc. Durch und durch eine typische nigerianische Familie der oberen Mittelschicht.

Wenn sein Leben so nichtssagend schablonenhaft ist, kann ich verstehen, weshalb er sich von Ayoolas Unerreichbarkeit und Spontaneität angezogen fühlt. In seinen Bildunterschriften erklärt er endlos, wie wundervoll seine Frau sei, wie glücklich er sei, sie zu haben, und ich frage mich, ob seine Frau weiß, dass er anderen Frauen nachstellt. Sie selbst sieht gut aus. Obwohl sie drei Söhne zur Welt gebracht und ihre Jugend bereits hinter sich gelassen hat, hat sie sich einen schlanken Körper bewahrt. Sie ist gekonnt geschminkt, ihre Outfits schmeicheln ihr und werden den Summen gerecht, die sie für ihre Instandhaltung ausgeben muss.

Ich habe Ayoola einen halben Tag lang ununterbrochen angerufen, um herauszufinden, wo zum Teufel sie ist. Sie hat das Haus frühmorgens verlassen und meiner Mum mitgeteilt, sie werde verreisen. Sie hat sich nicht die Mühe gemacht, es mir zu sagen. Tade hat mich ebenso oft angerufen, und ich bin nicht drangegangen. Was soll ich sagen? Ich habe keine Ahnung, wo sie ist oder was sie macht. Ayoola behält ihre Gedanken für sich – bis sie mich braucht. Das Hausmädchen bringt mir ein Glas kalten Saft, während ich meine Recherche fortführe. Draußen ist es glühend heiß, also verbringe ich meinen freien Tag im Schutz des Hauses.

Gboyegas Frau ist nicht auf Facebook, aber ich finde sie auf Instagram. Sie postet endlos Bilder von ihrem Mann und ihren Kindern, lediglich unterbrochen durch Aufnahmen von Essen und hin und wieder eine Bemerkung über Präsident Buharis Regime. Der heutige Post ist ein altes Foto von ihr und ihrem Mann an ihrem Hochzeitstag. Sie schaut lachend in die Kamera, er blickt sie liebevoll an. Die Bildunterschrift lautet:

#MCM Oko mi, Herz meines Herzens und Vater meiner Kinder. Ich danke Gott für den Tag, als dein Blick auf mich fiel. Damals wusste ich nicht, dass du Angst hattest, mich anzusprechen, aber ich bin froh, dass du diese Angst überwunden hast. Ich kann mir nicht vorstellen, wie mein Leben ohne dich verlaufen wäre. Danke, dass du der Mann meiner Träume bist. Alles Gute zum Jahrestag, Bae. #bae #mceveryday #throwbackthursday #loveisreal #blessed #grateful

AUTO

Die Polizei bringt mein Auto zurück – und stellt es vors Krankenhaus. Ihre schwarzen Uniformen und Gewehre sind das Gegenteil von subtil. Meine Fingernägel bohren sich in meine Handflächen.

»Hätten Sie es nicht zu mir nach Hause bringen können?«, zische ich die Polizisten an. Aus dem Augenwinkel sehe ich, wie Chichi sich näher an uns heranschleicht.

»Danken Sie besser Gott, dass wir es Ihnen überhaupt zurückbringen.« Er reicht mir eine Quittung: ein abgerissener Papierfetzen, auf dem mein Autokennzeichen, das Datum, an dem es mir zurückgebracht wurde, und eine Summe von 5000 Naira vermerkt sind.

»Wofür sind die?«

»Logistik- und Transportkosten.« Es ist der Jüngere aus der Befragung in unserem Haus, der damals wegen Ayoola ins Stottern geriet. Jetzt tritt er weniger unbeholfen auf. Wie ich erkenne, ist er darauf vorbereitet, dass ich eine Szene mache. Gerüstet und bereit. Eine Sekunde lang wünschte ich, Ayoola an meiner Seite zu haben.

»Wie bitte?!« Das können sie einfach nicht ernst meinen.

Chichi ist beinahe neben mir angekommen. Ich kann das Gespräch nicht weiter in die Länge ziehen. Mir wird bewusst, dass sie das Auto aus genau diesem Grund zu meinem Arbeitsplatz gebracht haben. Zu Hause hätte ich die Oberhand gehabt. Ich hätte einfach verlangen können, dass sie mein Grundstück verlassen. Hier bin ich ihnen ausgeliefert.

»Ja, na. Die Kosten für die Beförderung Ihres Wagens zu und von unserer Wache betragen 5000 Naira.«

Ich beiße mir auf die Lippe. Sie wütend zu machen ist nicht in meinem Interesse, denn sie müssen dringend verschwinden, ehe sie noch mehr Aufmerksamkeit auf sich ziehen. Alle Augen auf beiden Seiten der Krankenhaustüren sind auf mich, meinen Wagen und diese beiden Genies gerichtet.

Ich betrachte meinen Wagen. Er ist dreckig, staubbedeckt. Auf dem Rücksitz erkenne ich einen Essensbehälter. Ich kann mir nur ausmalen, wie der Kofferraum aussehen muss. Sie haben mit ihren schmutzigen Händen mein ganzes Auto besudelt, und noch so viele Putzmittel werden die Erinnerung an sie nicht entfernen.

Aber ich kann nichts tun. Ich greife in meine Tasche und zähle 5000 Naira ab.

»Haben Sie etwas gefunden?«

»Nein«, gibt der ältere Mann zu. »Ihr Wagen ist sauber.« Ich wusste, dass ich gründliche Arbeit geleistet hatte. Ich wusste, dass er sauber sein würde. Aber als ich ihn die Worte aussprechen höre, würde ich am liebsten vor Erleichterung losheulen.

»Guten Morgen, Officers!« Wieso ist Chichi immer noch hier? Ihre Schicht ist seit dreißig Minuten vorbei. Sie erwidern ihr fröhliches »Guten Morgen« herzlich.

»Bravo«, sagt sie. »Wie ich sehe, haben Sie das Auto meiner Kollegin zurückgebracht.«

»Ja. Obwohl wir sehr beschäftigt sind«, betont der jüngere Polizist. Er lehnt sich gegen meinen Wagen, seine fette Hand auf meiner Motorhaube.

»Bravo. Bravo. Wir sind Ihnen sehr dankbar. Sie musste in der Zwischenzeit mit dem Auto ihrer Schwester zurechtkommen.« Ich übergebe das Geld, sie übergeben meinen Schlüssel. Chichi tut, als hätte sie von dem Austausch nichts mitbekommen.

»Ja, vielen Dank.« Es schmerzt, die Worte auszusprechen. Es schmerzt, zu lächeln. »Ich verstehe, dass Sie beide sehr beschäftigt sind. Lassen Sie sich von mir nicht länger aufhalten.« Sie grummeln etwas und gehen dann zu Fuß davon. Wahrscheinlich werden sie ein Okada herbeiwinken, das sie zurück zu ihrer Wache bringt. Chichi neben mir vibriert förmlich.

»Nawa o. Was ist *passiert*?«

»Was ist womit passiert?« Ich mache mich auf den Weg zurück ins Krankenhaus, und Chichi folgt mir.

»Warum haben sie dein Auto mitgenommen, na? Mir ist schon aufgefallen, dass dein Auto nicht da war, aber ich dachte, es sei vielleicht in der Reparatur oder so. Aber ich wär nie darauf gekommen, dass die Polizei es hat!« Sie versucht, »Polizei« zu flüstern, scheitert aber daran.

Gemeinsam mit uns tritt Mrs Rotinu durch die Tür. Tade ist noch nicht da, sie wird also warten müssen. Chichi ergreift meine Hand und zerrt mich ins Röntgenzimmer.

»Also, was ist passiert?«

»Nichts. Mein Wagen war an einem Unfall beteiligt. Sie haben ihn nur durchgecheckt, aus Versicherungsgründen.«

»Und allein dafür haben sie dir dein Auto weggenommen?«

»Du weißt doch, wie die Polizei ist. Immer sehr gewissenhaft.«

HERZ

Tade sieht schrecklich aus. Sein Hemd ist zerknittert, er muss sich dringend rasieren, und seine Krawatte hängt schief. Seit Tagen ist kein Singen oder Pfeifen seinen Lippen entströmt. Das ist die Macht, über die Ayoola verfügt, und als ich Tade so leiden sehe, komme ich nicht umhin, großen Respekt davor zu empfinden.

»Es gibt einen anderen«, berichtet er mir.

»Wirklich?!« Ich übertreibe, meine Stimme klingt wie ein Quieken. Nicht, dass er es bemerken würde. Er hat den Kopf gesenkt. Er sitzt halb auf seinem Schreibtisch und stützt sich zu beiden Seiten mit festem Griff ab, so dass ich das Beugen und Strecken, das Zusammenwirken, das Muskelspiel seines Körpers erkennen kann.

Ich lasse die Akte, die ich ihm mitgebracht habe, auf den Tisch fallen und strecke meine Hand nach ihm aus. Sein Hemd ist weiß. Nicht das leuchtende Weiß der Hemden, die Femi besessen haben muss, oder das meiner Kranken-schwesternuniform, sondern das Weiß eines zerstreuten Junggesellen. Ich könnte Tade helfen, seine Hemden zu stärken, wenn er mich nur ließe. Ich lege meine Hand auf seinen Rücken und streiche darüber. Spendet ihm diese Geste Trost? Irgendwann seufzt er.

»Mit dir kann man so gut reden, Korede.«

Ich kann sein Rasierwasser riechen, vermischt mit dem Geruch seines Schweißes. Die Hitze sickert von draußen in den Raum und überdeckt die Luft aus der Klimaanlage.

»Ich unterhalte mich gern mit dir«, teile ich ihm mit. Er hebt den Kopf und blickt mich an. Uns trennen nur ein, zwei Schritte voneinander. Wir sind uns nah genug, um uns zu küssen. Ob seine Lippen wohl so weich sind, wie sie aussehen? Er lächelt mich sanft an, und ich lächle zurück.

»Ich unterhalte mich auch gern mit dir. Ich wünschte …«

»Ja?« Merkt er langsam, dass Ayoola nicht die Richtige für ihn ist?

Er senkt den Blick wieder, und ich kann mich nicht zurückhalten.

»Weißt du, ohne sie bist du besser dran«, erkläre ich ihm behutsam.

Ich spüre, wie er sich versteift.

»Was?« Seine Stimme ist sanft, aber darunter liegt etwas, das vorher noch nicht da war. Ärger? »Warum sagst du so etwas über deine Schwester?«

»Tade, sie ist nicht gerade …«

Er schüttelt meine Hand beiseite und drückt sich vom Tisch ab und von mir fort.

»Du bist ihre Schwester, du solltest auf ihrer Seite sein.«

»Ich bin immer auf ihrer Seite. Es ist nur so, dass … sie hat viele Seiten. Nicht alle davon sind so hübsch wie die, die du siehst …«

»So sieht es also aus, wenn du auf ihrer Seite bist? Sie hat mir erzählt, dass du sie behandelst, als wäre sie ein Monster, und ich wollte ihr nicht glauben.«

Seine Worte treffen mich wie Pfeile. Er ist *mein* Freund

gewesen. Meiner. Er hat *meinen* Rat und *meine* Gesellschaft gesucht. Aber jetzt sieht er mich an, als wäre ich eine Fremde, und dafür hasse ich ihn. Ayoola hat getan, was sie immer tut, wenn Männer im Spiel sind, aber was ist seine Entschuldigung? Ich schlinge mir die Arme um den Bauch und wende mich von ihm ab, damit er nicht sieht, dass meine Lippen zittern.

»Jetzt glaubst du ihr wahrscheinlich?«

»Sie ist sicher einfach nur dankbar, dass es überhaupt jemand tut! Kein Wunder, dass sie immer nach Bestätigung sucht von … Männern.« Das letzte Wort bringt er kaum über die Lippen, er erträgt den Gedanken nicht, wie Ayoola in den Armen eines anderen liegt.

Ich lache. Ich kann nicht anders. Ayoola hat auf ganzer Linie gewonnen. Sie ist mit Gboyega nach Dubai gereist (diese Neuigkeit habe ich per SMS erfahren) und hat Tade mit einem gebrochenen Herzen zurückgelassen, aber aus irgendeinem Grund bin *ich* die Hexe.

Ich wette, sie hat vergessen, zu erwähnen, dass sie maßgeblich am Tod von mindestens drei Männern beteiligt gewesen ist. Ich hole tief Luft, um nichts zu sagen, was ich später bereuen werde. Ayoola ist rücksichtslos und egoistisch und unüberlegt, aber ich trug und trage stets die Verantwortung für ihr Wohlergehen.

Aus dem Augenwinkel sehe ich, dass ein paar Seiten aus der Akte herausschauen. Er muss sie verschoben haben, als er sich vom Schreibtisch erhob. Ich ziehe die Akte zu mir heran, nehme sie in die Hand und klopfe sie gegen die Tischplatte, um die Papiere zu richten. Was bringt es, die Wahrheit zu sagen? Er will sie nicht hören, er will nichts von dem glauben, was ich sagen könnte. Er will nur sie.

»Was sie braucht, ist deine Unterstützung und Liebe. Dann wird sie auch bereit dafür sein, ein geregeltes Leben zu führen.«

Warum hält er nicht endlich die Klappe? Die Akte bebt nun in meinen Händen, und ich spüre, wie sich in einem Winkel meines Schädels die Migräne ausbreitet. Er schüttelt den Kopf über mich. »Du bist ihre große Schwester. Du solltest dich auch so verhalten. Aber ich habe immer bloß gesehen, wie du sie davonstößt.« *Nur deinetwegen …* Aber ich sage nichts. Ich verspüre nicht mehr den Drang, mich zu verteidigen.

Hat er schon immer so gern solche Vorträge gehalten? Ich lasse die Akte auf seinen Tisch fallen und gehe rasch an ihm vorbei. Als ich den Türknauf drehe, glaube ich noch zu hören, wie er meinen Namen ruft, aber das wird übertönt von dem lauten Pochen in meinem Kopf.

DER PATIENT

Muhtar schläft friedlich, er wartet auf mich. Ich schlüpfe in sein Zimmer und schließe die Tür.

»Wissen Sie, es ist nur, weil sie schön ist. Der Rest interessiert die gar nicht. Mit allem kommt sie immer irgendwie durch.« Muhtar gestattet mir, so vor mich hinzuschimpfen. »Können Sie sich das vorstellen, er meinte, ich würde sie nicht unterstützen, ich würde sie nicht lieben … das hat sie ihn denken lassen. Das hat sie ihm erzählt. Nach allem …«

Ich verschlucke mich an meinen eigenen Worten und bringe den Satz nicht zu Ende. Unser Schweigen wird allein vom rhythmischen Piepen des Monitors unterbrochen. Ich atme mehrmals tief durch, um mich zu beruhigen, und überprüfe dann seine Patientenakte. Bald ist eine neue Runde Physiotherapie fällig, und da ich schon einmal hier bin, kann ich genauso gut auch seine Übungen mit ihm machen. Sein Körper ist gefügig, während ich seine Glieder hierhin und dorthin bewege. In meinem Kopf spiele ich die Szene mit Tade immer wieder durch, lasse einzelne Teile aus, betrachte andere genauer.

Liebe ist kein Unkraut,
Sie kann nicht wachsen, wo sie will …

Die Worte aus einem weiteren Gedicht von Femi kommen mir ungebeten in den Sinn. Ich frage mich, was er von all dem halten würde. Er war nicht lange mit Ayoola zusammen gewesen. Hätte er genügend Zeit gehabt, hätte er sie sicher durchschaut. Er war scharfsinnig.

Mein Magen knurrt. Das Herz mag gebrochen sein, aber das Fleisch muss essen. Ich höre auf, Muhtars Fußgelenke hin und her zu rollen, streiche seine Laken glatt und verlasse sein Zimmer. Mohammed wischt im Gang den Fußboden. Das Wasser in seinem Eimer sieht gelb aus, und er summt vor sich hin.

»Mohammed, hol frisches Wasser«, blaffe ich ihn an. Beim Geräusch meiner Stimme erstarrt er.

»Ja, Ma.«

TODESENGEL

»Wie war deine Reise?«

»Sie war schön ... bis auf ... Er ist gestorben.«

Das Glas, aus dem ich gerade Saft getrunken habe, rutscht mir aus der Hand und zerspringt auf dem Küchenfußboden. Ayoola steht im Türrahmen. Sie ist erst seit zehn Minuten zu Hause, und schon habe ich das Gefühl, dass meine Welt Kopf steht.

»Er ... er ist gestorben?«

»Ja. Lebensmittelvergiftung«, antwortet sie und schüttelt ihre Dreadlocks. Sie hat sie aufgefrischt und Perlen an die Enden geknüpft, die nun bei ihrer Bewegung gegeneinanderschlagen und ein rasselndes Geräusch erzeugen. Ihre Handgelenke sind mit großen goldenen Armreifen geschmückt. Gift ist nicht ihr Stil, und ein Teil von mir möchte glauben, dass es sich um einen Zufall handelt. »Ich habe die Polizei gerufen. Sie haben die Familie informiert.«

Ich gehe in die Hocke, um die größeren Glasscherben aufzulesen. Ich denke an die lächelnde Ehefrau des Mannes auf Instagram. Wird sie die Geistesgegenwart besitzen, eine Autopsie zu verlangen?

»Wir waren zusammen im Zimmer, und auf einmal fängt er an zu schwitzen und greift sich an den Hals. Dann bekommt er plötzlich Schaum vor dem Mund. Das war so gruselig.« Aber ihre Augen leuchten, denn sie erzählt mir gerade eine Geschichte, die sie faszinierend findet. Ich möchte gar nicht mit ihr reden, aber sie scheint fest entschlossen zu sein, mir alle Einzelheiten zu berichten.

»Hast du versucht, Hilfe zu holen?« Ich denke an uns, wie wir vor unserem Vater standen und ihm beim Sterben zusahen, und ich weiß, dass sie nicht versucht hat, Gboyega Hilfe zu holen. Sie hat ihm zugesehen. Vielleicht hat sie ihn nicht vergiftet, aber sie hat sich herausgehalten und der Natur ihren Lauf gelassen.

»Natürlich. Ich habe den Rettungsdienst gerufen. Aber sie haben es nicht rechtzeitig geschafft.«

Mein Blick fällt auf den diamantenbesetzten Kamm in ihrem Haar. Die Reise hat sich für sie ausgezahlt. Die Luft in Dubai scheint ihre Haut aufgehellt zu haben, und sie trägt von Kopf bis Fuß Designerkleidung. Gboyega hat offensichtlich nicht mit seinem Geld geknausert.

»Wie schade.« Ich suche nach einem stärkeren Gefühl als Mitleid mit diesem verstorbenen »Familienvater«, aber selbst davon verspüre ich nur wenig. Femi war ich nie begegnet, aber sein Schicksal traf mich auf eine Weise, wie es diese neue Nachricht nicht vermag.

»Ja. Ich werde ihn vermissen«, erwidert sie gedankenverloren. »Warte mal, ich habe dir etwas mitgebracht.« Sie greift in ihre Handtasche und beginnt, darin herumzuwühlen, da klingelt es an der Tür. Sie blickt erwartungsvoll auf und schmunzelt. Das kann doch sicher nicht – aber, tja, so ist das Leben nun einmal. Tade tritt durch die Tür, und sie wirft sich ihm in die Arme. Er drückt sie fest an sich und vergräbt seinen Kopf in ihrem Haar.

»Du ungezogenes Mädchen«, sagt er zu ihr, und sie küssen sich. Leidenschaftlich.

Ich verschwinde rasch, ehe er Gelegenheit hat, zu bemerken, dass sich noch eine dritte Person im Raum aufhält. Ich habe keine Lust, irgendwelche Banalitäten mit ihm auszutauschen. Ich schließe mich in meinem Zimmer ein, setze mich im Schneidersitz auf mein Bett und starre ins Leere.

Die Zeit vergeht. Es klopft an meiner Tür.

»Ma, kommen Sie zum Essen runter?«, fragt das Hausmädchen, während sie auf den Füßen vor und zurück wippt.

»Wer sitzt alles am Tisch?«

»Mummy, Schwester Ayoola und Mr Tade.«

»Wer hat Sie geschickt, mich zu rufen?«

»Ich bin von selbst gekommen, Ma.« Nein, natürlich haben sie nicht an mich gedacht. Meine Mum und Ayoola genießen Tades Aufmerksamkeit, und Tade … wen interessiert, was Tade tut. Ich schenke der einzigen Person, die sich Gedanken darüber zu machen scheint, ob ich etwas zu essen bekomme oder nicht, ein Lächeln. Hinter ihrer kleinen Gestalt dringt Gelächter zu mir vor.

»Danke, aber ich habe keinen Hunger.«

Sie geht und schließt die Tür hinter sich, womit sie auch den Klang des Glücks aussperrt. Zumindest wird Ayoola nun für eine Weile nicht in meinem Zimmer sein. Ich nutze die Gelegenheit, um Gboyegas Namen zu googeln. Und tatsächlich finde ich einen Artikel über sein tragisches Ableben:

NIGERIANER STIRBT WÄHREND GESCHÄFTSREISE NACH DUBAI

Ein nigerianischer Geschäftsmann verstarb in Dubai, nachdem er Berichten zufolge Opfer einer Rauschgiftüberdosis wurde.

Das Auswärtige Amt bestätigte, dass Gboyega Tejudumi – der im berüchtigten Royal Resort wohnte – starb, nachdem er in seinem Zimmer zusammengebrochen war.

Trotz der Bemühungen des Rettungsdienstes wurde er noch am Ort des Geschehens für tot erklärt.

Der Polizei zufolge waren keine weiteren Personen an dem Unglücksfall beteiligt …

Ich frage mich, wie es Ayoola gelungen ist, die Polizei dazu zu bringen, sie aus den Nachrichten herauszuhalten. Ich frage mich, was der Unterschied zwischen einer Lebensmittelvergiftung und einer Überdosis ist. Ich frage mich, wie wahrscheinlich es ist, dass sich der Tod eines Menschen in Gegenwart einer Serienmörderin zufällig ereignet.

Die wahre Frage ist aber vielleicht: Wie sicher bin ich mir, dass Ayoola ausschließlich ihr Messer verwendet?

Ich öffne weitere Artikel über Gboyegas Tod, ich lese weitere Lügen. Ayoola schlägt nur zu, wenn sie provoziert wird. Aber falls sie bei Gboyegas Tod die Hände im Spiel hatte, falls sie dafür verantwortlich war, aus welchem Grund hat sie es dann getan? Gboyega schien vernarrt in sie zu sein. Er betrog seine Frau, aber ansonsten wirkte er harmlos.

Ich denke an Tade unten, wie er sein typisches Lächeln lächelt und Ayoola anschmachtet, als könnte diese kein Wässerchen trüben. Ich würde es nicht ertragen, Tade in die Augen zu blicken, wenn er nicht mehr zurückblicken kann. Doch habe ich nicht alles getan, um die beiden voneinander fern zu halten? Und alles, was ich für meine Bemühungen zurückbekomme, sind Verurteilung und Verachtung.

Ich schalte meinen Laptop aus.

Ich schreibe Gboyegas Namen in das Notizbuch.

GEBURT

Wie in unserer Familie gern erzählt wird, hielt ich Ayoola auf den ersten Blick für eine Puppe. Mum hatte sie vor mir auf dem Arm, und ich stellte mich auf die Zehenspitzen und zog Mums Arm weiter nach unten, um sie besser sehen zu können. Sie war winzig und nahm kaum Raum ein in der Hängematte, die Mum aus ihren Armen geschaffen hatte. Ihre geschlossenen Augen nahmen ihr halbes Gesicht ein. Sie hatte eine Knopfnase und ein immerzu gespitztes Mündchen. Ich berührte ihr Haar, es war weich und gelockt.

»Ist die für mich?«

Mum lachte mit bebendem Körper, was Ayoola wachrüttelte. Sie gluckste. Ich stolperte vor Überraschung rückwärts und fiel auf den Hintern.

»Mummy, sie hat geredet! Die Puppe hat geredet!«

»Das ist keine Puppe, Korede. Das ist ein Baby, deine kleine Schwester. Du bist jetzt eine große Schwester, Korede. Und große Schwestern passen auf ihre kleinen Schwestern auf.«

GEBURTSTAG

Ayoola hat Geburtstag. Ich erlaube ihr, wieder auf ihren Social-Media-Kanälen zu posten. Die Neuigkeiten über Femi sind zurückgegangen. Die sozialen Medien haben seinen Namen vergessen.

»Mach mein Geschenk zuerst auf!«, beharrt Mum. Ayoola gehorcht. In unserem Haus ist es Tradition, dass man an seinem Geburtstag morgens als Erstes die Geschenke von der Familie auspackt. Ich habe lange überlegen müssen, bevor ich wusste, was ich ihr schenken soll. Ich bin nicht gerade in Geberlaune gewesen.

Mums Geschenk ist ein Tafelgeschirr, für Ayoolas zukünftige Ehe. »Ich weiß, dass Tade dich bald fragen wird«, verkündet sie.

»Was fragen?«, sagt Ayoola, abgelenkt von meinem Geschenk. Ich habe ihr eine neue Nähmaschine gekauft. Sie strahlt mich an, aber ich bringe kein Lächeln zustande. Von Mums Worten dreht sich mir der Magen um.

»Dich fragen, ob du ihn heiratest!« Ayoola rümpft die Nase über diese Prognose. »Es wird Zeit, dass ihr, ihr beide, darüber nachdenkt, euch häuslich niederzulassen.«

»Weil die Ehe für dich so gut gelaufen ist …«

»Was hast du gesagt?«

»Nichts«, murmle ich. Meine Mum beäugt mich, aber sie hat mich nicht verstanden, also muss sie es auf sich beruhen lassen. Ayoola steht auf, um sich für ihre Party umzuziehen, und ich blase weiter Luftballons auf. Wir haben uns für graue und weiße entschieden, aus Respekt vor Femi.

Vorhin habe ich ein Gedicht auf seinem Blog gelesen:

Die afrikanische Sonne leuchtet hell.
Brennt auf unseren Rücken,
auf unserer Kopfhaut,
auf unseren Gedanken –
Unsere Wut hat keinen Grund, außer
Die Sonne wäre ein Grund.
Unsere Frustration hat keinen Ursprung, außer
Die Sonne wäre ein Ursprung.

Ich hinterlasse einen anonymen Kommentar auf dem Blog, in dem ich vorschlage, seine Gedichte in einer Anthologie zu versammeln. Ich hoffe, seine Schwester oder irgendein Freund stößt auf den Kommentar.

Ayoola und ich haben eigentlich keine Freunde im traditionellen Sinn des Wortes. Ich glaube, man muss jemanden ins Vertrauen ziehen und derjenige einen ebenfalls, um ihn als Freund zu bezeichnen. Sie hat ihre Ergebenen, und ich habe Muhtar. Die Ergebenen strömen ab vier Uhr nachmittags herbei, das Hausmädchen öffnet ihnen die Tür, und ich lotse sie zu dem Essen, das sich auf dem Wohnzimmertisch häuft. Jemand legt Musik auf, und die Leute knabbern an ihren Snacks. Ich kann jedoch nur daran denken, ob Tade die Gelegenheit nutzen wird, Ayoola für immer an sich zu binden. Wenn ich glaubte, sie würde ihn lieben, könnte ich mich wahrscheinlich sogar für die beiden freuen. Ich glaube, das könnte ich. Aber sie liebt ihn nicht, und aus irgendeinem Grund ist er anscheinend blind für diese Tatsache, oder es ist ihm egal.

Es ist fünf Uhr nachmittags, und Ayoola ist noch nicht heruntergekommen. Ich trage den Inbegriff eines kleinen Schwarzen. Es ist kurz und hat einen ausgestellten Rock. Ayoola hat gesagt, sie werde auch Schwarz tragen, aber ich bin mir ziemlich sicher, dass sie ihre Meinung mittlerweile mindestens ein Dutzend Mal geändert hat. Ich widerstehe dem Drang, nach ihr zu sehen, auch nachdem man mich zum hundertsten Mal gefragt hat, wo sie ist.

Ich hasse Hauspartys. Die Leute vergessen alle Anstandsregeln, an die sie sich halten würden, wenn sie an einem normalen Tag zu Besuch kämen. Sie stellen ihre Pappteller auf jede freie Oberfläche, sie verschütten ihre Getränke und gehen einfach weiter, sie greifen mit den Händen in die Schüsseln mit Snacks, nehmen sich ein paar heraus und legen den Rest wieder zurück, sie machen einfach irgendwo miteinander rum. Ich greife nach zwei Pappbechern, die irgendjemand auf einen Schemel gestellt hat, und werfe sie in eine Mülltüte. Gerade will ich das Reinigungsspray holen, da klingelt es an der Tür: Tade.

Er sieht ... Er trägt Jeans und ein weißes T-Shirt, das sich an seinen Körper schmiegt, darüber einen grauen Blazer. Ich kann nicht umhin, ihn anzustarren.

»Du siehst hübsch aus«, begrüßt er mich. Mir Komplimente für mein Aussehen zu machen, soll wohl ein Friedensangebot darstellen. Ich will mich nicht davon einlullen lassen. Ich bin ihm aus dem Weg gegangen, habe den Kopf eingezogen. Ich will nicht, dass mich ein dahingesagtes

Kompliment von ihm berührt, dennoch spüre ich eine Leichtigkeit in mir. Ich verkrampfe meine Gesichtsmuskeln, um ein Lächeln zu unterdrücken. »Hör mal, Korede, es tut mir – «

»Hey.« Das »Hey« kommt von hinter mir, ich drehe mich also um und sehe Ayoola. Sie trägt ein auf Taille geschnittenes Maxikleid, das in Farbe und Ton ihrer Haut so nahekommt, dass sie im gedämpften Licht beinahe nackt aussieht, dazu goldene Ohrringe, goldene hohe Schuhe und, um das Ganze abzurunden, das Armband, das Tade ihr geschenkt hat. Auf ihrer Haut schimmert ein Hauch heller Goldbronzer.

Tade lässt mich stehen und küsst sie sanft auf die Lippen. Ob es nun Liebe ist oder nicht, die beiden sind ein ausgesprochen reizendes Paar, zumindest rein äußerlich. Er überreicht ihr ein Geschenk, und ich schleiche mich etwas näher heran, um zu sehen, was es ist. Die Schachtel ist klein, allerdings zu lang und schmal, um einen Ring zu beinhalten. Tade blickt in meine Richtung, und ich gebe mich sogleich beschäftigt. Ich kehre zurück ins Zentrum der Party und sammle weiter Pappteller ein.

Den ganzen Abend über erhasche ich immer wieder einen kurzen Blick auf Tade und Ayoola – wie sie neben der Bowlenschüssel gemeinsam lachen, sich auf der Treppe küssen, einander auf der Tanzfläche mit Kuchen füttern, bis ich es nicht mehr ertragen kann. Ich ziehe ein großes Tuch aus einer Schublade und verlasse das Haus. Es ist noch immer warm, aber ich schlinge unter dem Stoff die Arme um mich. Ich muss mit jemandem reden, irgendjemandem, der nicht Muhtar ist. Ich habe schon einmal über eine Therapie nachgedacht, aber dank Hollywood weiß man, dass Therapeuten verpflichtet sind, das Arztgeheimnis zu verletzen, wenn das

Leben des Patienten oder eines anderen Menschen auf dem Spiel steht. Mein Gefühl sagt mir, wenn ich über Ayoola spräche, würde die Schweigepflicht innerhalb von fünf Minuten gebrochen werden. Gibt es denn kein Szenario, in dem niemand stirbt und Ayoola nicht ins Gefängnis muss? Vielleicht könnte ich zu einem Therapeuten gehen und die Morde einfach auslassen. Ich könnte reichlich Sitzungen allein damit füllen, über Tade und Ayoola zu sprechen und wie unerträglich es für mich ist, die beiden zusammen zu sehen.

»Magst du ihn etwa?«, hat sie mich gefragt. Nein, Ayoola. Ich liebe ihn.

OBERSCHWESTER

Sobald ich das Krankenhaus betrete, mache ich mich auf den Weg in Dr. Akigbes Büro, da er mich per E-Mail dazu aufgefordert hat. Wie üblich kam seine Mail unerwartet und war so mysteriös verfasst, dass sie mich ganz nervös machte. Ich klopfe.

»Herein!« Seine Stimme donnert wie ein Hammer gegen die Tür.

Dr. Akigbe, der älteste und ranghöchste Arzt von St. Peter's, starrt auf seinen Computerbildschirm und scrollt mit der Maus nach unten. Er sagt nichts zu mir, also setze ich mich unaufgefordert hin und warte. Er hört auf zu scrollen und hebt den Kopf.

»Wissen Sie, wann dieses Krankenhaus gegründet wurde?«

»Neunzehnhunderteinundsiebzig, Sir.« Ich lehne mich in meinem Stuhl zurück und seufze. Kann es wirklich sein, dass er mich hierher zitiert hat, um mir einen Vortrag über die Geschichte des Krankenhauses zu halten?

»Ausgezeichnet, ausgezeichnet. Damals war ich natürlich noch nicht hier. So alt bin ich nun auch wieder nicht!« Er lacht über seinen eigenen Witz. Natürlich ist er so alt. Er hat damals nur zufällig irgendwo anders gearbeitet. Ich räuspere mich in der Hoffnung, ihn davon abzuhalten, mit einer Geschichte anzufangen, die ich bereits tausendmal gehört habe. Er steht auf, entfaltet seine volle Größe von einem Meter neunzig und streckt sich. Ich weiß, was er vorhat. Er wird das Fotoalbum hervorholen. Er wird mir Bilder des Krankenhauses in seinen Anfangstagen und der drei Gründer zeigen, von denen er nie genug erzählen kann.

»Sir, ich muss, Ta … Dr. Otumu möchte, dass ich ihm bei einem PET-Scan assistiere.«

»Sicher, sicher.« Er sucht noch immer das Bücherregal nach dem Album ab.

»Ich bin die einzige Krankenschwester auf der Station mit der nötigen Ausbildung, um bei einem PET-Scan zu assistieren, Sir«, erkläre ich mit Nachdruck. Vielleicht ist die Hoffnung vergeblich, meine Worte könnten ihn zur Eile antreiben, aber was er mir auch mitzuteilen haben mag, ich würde es gerne vermeiden, es erst in einer Stunde zu erfahren. Zu meiner Überraschung dreht er sich um und strahlt mich an.

»Und genau deshalb habe ich Sie hierher bestellt!«

»Sir?«

»Ich beobachte Sie nun schon seit einer Weile.« Das demonstriert er, indem er mit Zeigefinger und Mittelfinger auf seine Augen und dann auf mich zeigt. »Und mir gefällt, was ich sehe. Sie sind sorgfältig, und Sie brennen für dieses Krankenhaus. Ehrlich gesagt erinnern Sie mich an mich selbst!« Er lacht erneut. Es klingt wie das Bellen eines Hundes.

»Vielen Dank, Sir.« Von seinen Worten wird mir warm ums Herz, und ich lächle ihm zu. Ich habe lediglich meine Arbeit getan, aber es tut gut, meine Bemühungen anerkannt zu wissen.

»Selbstverständlich sind Sie die perfekte Kandidatin für die Position der Oberschwester!« Oberschwester. Das ist nun wirklich eine Rolle, die zu mir passt. Zumal ich die Arbeit einer Oberschwester nun schon seit einer ganzen Weile erledige. Tade hatte bereits erwähnt, ich würde für die Stelle in Betracht gezogen, und ich muss an das feierliche Dinner denken, das er mir zur Beförderung versprochen hat. Ich schätze, das ist mittlerweile wohl null und nichtig. Ich habe Tades Freundschaft verloren, und Femi schwillt wahrscheinlich gerade zu seiner dreifachen Größe an, aber immerhin bin ich jetzt die Oberschwester des St. Peter's Hospital. Das klingt wahrhaftig gut.

»Es ist mir eine Ehre, Sir.«

KOMA

Als ich zum Empfangsschalter komme, lungert Chichi dort noch immer herum. Vielleicht wartet zu Hause ein Mann auf sie, zu dem sie nur ungern zurückkehrt. Sie redet lebhaft auf eine Gruppe von Kollegen ein, die ihr kaum zuhören. Ich schnappe die Worte »Wunder« und »Koma« auf.

»Was ist hier los?«, frage ich.

»Du hast es noch nicht gehört?«

»Was denn?«

»Dein bester Freund ist aufgewacht!«

»Aufgewacht? Wer? Yinka?«

»Nein. Mr Yautai! Er ist aufgewacht!«

Ich renne los, ohne auch nur an eine Antwort zu denken. Ich lasse Chichi vor der Schwesternstation stehen und eile in den dritten Stock. Ich hätte diese Neuigkeit lieber von Dr. Akigbe erfahren, dann hätte ich die neurologisch relevanten Fragen stellen können, aber die Gelegenheit, einen weiteren Vortrag über die Geschichte des Krankenhauses zu halten, hat ihn wohl alles andere vergessen lassen. Vielleicht hat er es aber auch deshalb nicht erwähnt, weil es überhaupt nicht wahr ist und Chichi etwas missverstanden hat …

Muhtars Familie drängt sich um sein Bett, weshalb ich ihn nicht sofort sehen kann. Seine Frau, deren schlanke Figur sich in mein Gedächtnis eingegraben hat, und ein großer Mann, den ich für seinen Bruder halte, stehen mit dem Rücken zu mir. Sie berühren sich nicht, aber ihre Körper lehnen sich zueinander, als würden sie von irgendeiner Macht angezogen. Vielleicht haben sie einander einmal zu oft Trost gespendet.

In Richtung Tür, und damit jetzt auch in meine Richtung, stehen seine Kinder. Seine beiden Söhne stehen kerzengerade – der eine weint stumm –, während seine Tochter ihr Neugeborenes auf dem Arm hat und das Baby so hält, dass ihr Vater es sehen kann. Diese Geste zwingt mich schließlich dazu, der Tatsache, dass er wieder bei Bewusstsein ist, ins Auge zu sehen. Muhtar ist zurück unter den Lebenden.

Ich weiche vor dieser Familienzusammenführung zurück, aber dann vernehme ich seine Stimme. »Sie ist wunderschön.«

Ich habe seine Stimme noch nie zuvor gehört. Als ich ihm begegnete, lag er bereits im Koma, und ich habe mir seine Stimme immer tief und volltönend vorgestellt. In Wirklichkeit hat er seit Monaten nicht gesprochen, weshalb sie ganz hoch und schwach ist, beinahe ein Flüstern.

Ich drehe mich um und stoße mit Tade zusammen.

»Hoppla«, macht er. Er stolpert rückwärts und fängt sich dann wieder.

»Hey«, erwidere ich zerstreut, mit den Gedanken noch in Muhtars Zimmer. Tade blickt über meine Schulter auf die Szene.

»Mr Muhtar ist also aufgewacht?«

»Ja, das ist großartig«, bringe ich hervor.

»Das hat er bestimmt dir zu verdanken.«

»Mir?«

»Du hast den Kerl am Leben gehalten. Er wurde nie vergessen, nie vernachlässigt.«

»Das weiß er doch nicht.«

»Kann sein, aber es lässt sich nie genau sagen, auf welche Reize das Hirn reagiert.«

»Ja.«

»Übrigens, herzlichen Glückwunsch.«

»Danke.« Ich warte, aber er erwähnt sein Versprechen, wir würden die Beförderung gemeinsam feiern, mit keinem Wort. Ich trete an ihm vorbei und gehe weiter den Gang hinunter.

Gerade als ich zurück zum Empfang komme, ertönt ein Schrei. Die wartenden Patienten blicken sich überrascht um, während Yinka und ich in Richtung des Geräuschs laufen. Es kommt aus Zimmer 105. Yinka schleudert die Tür auf, und wir platzen ins Zimmer, wo wir Assibi und Gimpe eng umschlungen antreffen. Gimpe hat Assibi im Schwitzkasten, und Assibi krallt sich an Gimpes Brüste. Als sie uns sehen, erstarren sie. Yinka fängt an zu lachen.

»Ye!«, ruft sie, nachdem ihr Gelächter erschöpft ist.

»Danke, Yinka«, sage ich scharf.

Sie steht nur da, immer noch grinsend.

»Danke«, wiederhole ich. Yinka, die noch Öl ins Feuer gießt, ist das Letzte, was ich jetzt gebrauchen kann.

»Was?«

»Von hier an übernehme ich.«

Einen Augenblick befürchte ich, sie werde einen Streit vom Zaun brechen, aber sie zuckt nur mit den Achseln. »Schön«, murmelt sie. Sie wirft einen letzten Blick auf Assibi und Gimpe, schmunzelt und rauscht dann aus dem Zimmer. Ich räuspere mich.

»Du stell dich dorthin, und du dorthin.« Als die beiden ihre Plätze weit entfernt voneinander eingenommen haben, erinnere ich sie daran, dass dies ein Krankenhaus ist und keine Bar am Straßenrand.

»Ich sollte euch beide feuern lassen.«

»Nein, Ma.«

»Bitte, Ma.«

»Dann erklärt mir, was so schwerwiegend war, dass ihr es mit Gewalt lösen musstet.« Sie geben keine Antwort. »Ich warte.«

»Gimpe ist schuld. Sie hat versucht, mir meinen Freund auszuspannen.«

»Ach ja?«

»Mohammed ist nicht dein Freund!« Mohammed? Ernsthaft? Vielleicht hätte ich doch Yinka die Sache regeln lassen sollen. Wahrscheinlich hatte sie gleich gewusst, was los ist.

Mohammed ist eine grottenschlechte Putzkraft mit mangelnder Körperhygiene, dennoch hat er diese beiden Frauen irgendwie dazu gebracht, sich in ihn zu verlieben, und damit ein Drama im Krankenhaus entfacht. Eigentlich sollte er gefeuert werden. Ich würde ihn nicht vermissen.

»Mich interessiert nicht, wessen Freund Mohammed ist. Meinetwegen könnt ihr euch aus der Ferne böse Blicke zuwerfen oder gegenseitig eure Häuser in Brand setzen, aber sobald ihr dieses Krankenhaus betretet, verhaltet ihr euch professionell, oder ihr riskiert eure Jobs. Habt ihr verstanden?«

Sie murmeln etwas, das wie *mmmshhh shingle hghate bchich* klingt.

»Habt ihr verstanden?«

»Ja, Ma.«

»Ausgezeichnet. Nun geht bitte wieder an eure Arbeit.«

Als ich zum Empfang zurückkehre, finde ich dort Yinka vor, die mit geschlossenen Augen und offenem Mund zurückgelehnt dasitzt.

»Yinka!« Ich knalle ein Klemmbrett auf den Tresen, und sie schreckt aus dem Schlaf. »Wenn ich dich noch einmal beim Schlafen erwische, werde ich das melden.«

»Wer ist gestorben und hat dich zur Oberschwester gemacht?«

»Tatsächlich«, murmelt Bunmi, »ist sie heute Morgen befördert worden.«

»Was?«

»Es wird später noch ein Meeting dazu geben«, füge ich hinzu.

Yinka bleibt stumm.

DAS SPIEL

Es regnet die Art von Regen, der Regenschirme zerstört und einen Regenmantel nutzlos macht. Wir sitzen im Haus fest – Ayoola, Tade und ich. Ich versuche, ihnen aus dem Weg zu gehen, aber Ayoola hält mich auf, als ich das Wohnzimmer durchqueren will.

»Lasst uns ein Spiel spielen!«

Tade und ich seufzen.

»Ohne mich«, erwidere ich.

»Wieso spielen *wir* nicht, nur wir beide?«, schlägt Tade Ayoola vor. Ich ignoriere den Stich in meinem Herzen.

»Nein. Es ist ein Spiel für drei oder mehr Personen. Entweder wir alle spielen oder keiner von uns.«

»Wir könnten Dame spielen, oder Schach?«

»Nein. Ich will Cluedo spielen.«

Wenn ich Tade wäre, würde ich ihr sagen, sie solle sich ihr Cluedo in ihren verwöhnten Ar…

»Ich gehe es holen.« Sie springt auf und lässt uns allein zurück. Ich kann Tade nicht in die Augen sehen, also starre ich aus dem Fenster auf die verwaschene Szenerie. Die Straßen sind leer, alle haben in ihren Häusern Zuflucht gesucht. In der westlichen Welt kann man im Regen spazierengehen oder tanzen, aber hier ertrinkt man darin.

»Vielleicht bin ich letztens ein wenig harsch gewesen«, sagt er. Er wartet auf eine Antwort, aber mir fällt nichts ein, das ich erwidern könnte. »Ich habe gehört, Schwestern können sehr … gemein zueinander sein.«

»Wo hast du das gehört?«

»Von Ayoola.«

Ich möchte lachen, aber es klingt mehr wie ein Quieken.

»Sie blickt wirklich zu dir auf, weißt du das?« Endlich sehe ich ihn an. Ich sehe in seine unschuldigen braunen Rehaugen und frage mich, ob ich jemals so gewesen bin, ob ich jemals diese Art von Unschuld besessen habe. Er ist so wunderbar normal und naiv. Vielleicht wirkt seine Naivität auf Ayoola genauso anziehend wie auf mich – ich schätze, uns wurde sie aus dem Leib geprügelt. Ich öffne gerade den Mund, um zu antworten, da hüpft Ayoola zurück aufs Sofa. Sie hält das Brettspiel an ihre Brust gepresst. Seine Augen vergessen mich und richten sich auf sie.

»Hast du das schon mal gespielt, Tade?«

»Nein.«

»Okay, bei dem Spiel geht es darum, herauszufinden, wer der Mörder ist, in welchem Zimmer der Mord geschah und mit welcher Waffe. Wer es zuerst herausfindet, gewinnt!«

Sie reicht ihm die Spielanleitung und zwinkert mir zu.

SIEBZEHN

Beim ersten Mal war Ayoola siebzehn und vollkommen ver-
ängstigt. Sie rief mich an, und ich konnte mir auf ihre Worte
kaum einen Reim machen.

»Du hast was?«

»Ich … das Messer … es ist … alles ist voller Blut …« Ihre
Zähne klapperten, als wäre ihr kalt. Ich versuchte, meine
aufkommende Panik zu unterdrücken.

»Ganz langsam, Ayoola. Atme tief durch. Wo blutest du?«

»Ich … nicht ich … Somto. Es ist Somto.«

»Ihr wurdet angegriffen?«

»Ich …«

»Wo bist du? Ich rufe – «

»Nein! Komm allein.«

»Ayoola, wo bist du?«

»Wirst du allein kommen?«

»Ich bin keine Ärztin.«

»Ich sage es dir erst, wenn du versprichst, dass du allein
kommst.« Also versprach ich es.

Als ich in der Wohnung ankam, war Somto bereits tot.
Seine Hose hing ihm um die Fußknöchel, und der Schock
auf seinem Gesicht glich meinem.

»Du … Hast du das getan?«

Damals hatte ich zu viel Angst, zum Putzen dort zu bleiben, also setzten wir das Zimmer in Brand. Ich zog noch nicht einmal in Betracht, Ayoola der Polizei auszuliefern. Wozu das Risiko eingehen, ihr Ruf, es sei Notwehr gewesen, würde ungehört verhallen?

Somto hatte seine eigene Einzimmerwohnung mit Blick aufs Wasser – ebenjenes Wasser, das in die Lagune der Third Mainland Bridge floss. Wir nahmen den Diesel, den er für seinen Generator verwendete, gossen ihn über seine Leiche, zündeten ein Streichholz an und flohen. Als der Feueralarm losging, rannten die anderen Mieter schnell aus dem Häuserblock, so dass es keine Kollateralschäden gab. Somto war Raucher, mehr Beweise brauchte es nicht.

Mörder: Ayoola, Ort: Einzimmerwohnung, Waffe: Messer.

VERNASCHT

Ayoola gewinnt beim Cluedo, aber nur, weil ich die ganze Zeit über gezwungen bin, Tade die Regeln zu erklären, damit er nicht in eine der Fallen tappt, die sie so geschickt aufzustellen versteht.

Ich hatte mir weisgemacht, wenn Tade bei diesem Spiel gewinnen könnte … dann könnte er vielleicht …

»Du bist ein echter Profi«, sagt er zu ihr und kneift ihr in den Oberschenkel. »Hey, ich habe Hunger. Ich hätte nichts gegen ein Stück von diesem Kuchen. Habt ihr noch welchen übrig?«

»Frag Korede, na.«

»Oh. Korede backt auch?«

Sie zieht die Augenbrauen hoch und sieht mich an. Ich erwidere ihren Blick und warte ab.

»Du glaubst, dass ich backe?«

»Ja … ich habe von deinem gestürzten Ananaskuchen gegessen.«

»Hat Korede dir etwa erzählt, dass ich den gebacken hätte?«

Er runzelt die Stirn. »Ja … nein, warte … das war deine Mum.«

Sie lächelt ihn an, als täte es ihr leid, dass er getäuscht wurde.

»Ich kann ums Verrecken nicht backen«, stellt sie schlicht fest. »Korede hat heute Morgen Applecrumble gemacht, möchtest du etwas davon?«

»Oh. Okay, klar.«

Ayoola ruft das Hausmädchen und trägt ihr auf, den Crumble zusammen mit Vanillesauce und kleinen Tellern zu bringen. Fünf Minuten später verteilt sie große Portionen auf den Tellern. Ich schiebe meinen fort, mir ist schlecht. Tade nimmt einen Bissen, schließt die Augen und lächelt. »Korede, das schmeckt himmlisch.«

WACH

Ich war nicht mehr in Muhtars Zimmer, seit er aus dem Koma erwacht ist. Die Zeiten sind vorbei. Ich kann nicht länger gefahrlos mit ihm reden, und die ihm zugeteilte Krankenschwester war ich nie.

»Korede.«

»Hmmm.«

»Der Patient in Zimmer 313 möchte dich gern sehen.«

»Muhtar? Weshalb?«

Chichi zuckt mit den Achseln. »Geh am besten hin und frag ihn.«

Ich erwäge, ihn zu ignorieren, aber schon bald wird er als Teil seiner Physiotherapie auf der Etage herumlaufen, also ist es nur eine Frage der Zeit, bis ich ihm begegne. Ich klopfe an seine Tür.

»Herein.«

Er sitzt auf dem Bett, in der Hand ein Buch, das er nun neben sich legt. Er sieht mich erwartungsvoll an. Er hat dunkle Ringe um die Augen, aber seine Pupillen sind fokussiert und scharf. Er scheint gealtert zu sein, seit er aufgewacht ist.

»Ich bin Schwester Korede.« Seine Augen weiten sich.

»Sie sind das.«

»Wer?«

»Die Person, die mich besucht hat.«

»Oh, das haben sie Ihnen also erzählt?«

»Wer?«

»Die Krankenschwestern.«

»Die Krankenschwestern? Nein, nein. Ich erinnere mich.«

»Woran erinnern Sie sich?« Im Zimmer ist es kalt, meine Hände kribbeln, die Temperatur weicht aus ihnen.

»Ich erinnere mich an Ihre Stimme. Wie Sie mit mir gesprochen haben.«

Meine Haut ist dunkel, aber ich bin mir sicher, dass mir gerade sämtliches Blut in die Füße gesackt ist und ich wie ein Gespenst aussehe. Was ist mit all den Studien, die besagen, wie unwahrscheinlich es ist, dass komatöse Patienten sich ihrer Umgebung bewusst sind? Ja, Tade war überzeugt davon, dass meine Besuche ihm guttaten, aber ich hätte niemals gedacht, dass Muhtar mich tatsächlich hören könnte.

»Sie erinnern sich daran, wie ich mit Ihnen gesprochen habe?«

»Ja.«

»Erinnern Sie sich auch daran, was ich gesagt habe?«

MARKT

Als ich zehn war, verlor meine Mutter mich auf dem Markt.

Wir waren dort, um Tomaten, Bitterspinat, Flusskrebse, Zwiebeln, Ata Rodo, Tàtàsé, Kochbananen, Reis, Hühnchen und Rindfleisch zu kaufen. Ich hatte die Liste in der Hand, konnte sie aber bereits auswendig und leierte sie leise vor mich hin.

Mum hielt Ayoola an der Hand, und ich lief hinter ihnen. Ich hatte den Blick auf den Rücken meiner Mutter gerichtet, damit ich sie nicht in dem Meer aus Menschen verlor, die sich durch die Verkaufsstände schoben und drängelten. Dann sah Ayoola irgendetwas, vielleicht eine Eidechse, und beschloss, es zu jagen. Sie befreite ihre Hand aus dem Griff meiner Mutter und rannte los. Meine Mutter stürzte ihr instinktiv hinterher.

Ich brauchte eine Sekunde, um zu reagieren. In diesem Augenblick wusste ich noch nicht, dass Ayoola weggerannt war. Gerade noch war meine Mutter zügig aber gleichmäßig vor mir hergelaufen, und nun machte sie sich ohne mich aus dem Staub.

Ich versuchte, ihr zu folgen, verlor sie aber sofort aus den Augen und hörte auf zu rennen. Auf einmal befand ich mich an einem unbekannten Ort, umgeben von bedrohlichen

Fremden. Momentan fühle ich mich wieder ziemlich genauso wie damals. Unsicher, ängstlich und fest davon überzeugt, dass mir etwas Schlimmes zustoßen wird.

ERINNERUNG

Muhtar runzelt die Stirn, zieht die Brauen zusammen und zuckt dann mit den Achseln.

»Es ist sehr lückenhaft.«

»Woran erinnern Sie sich?«

»Möchten Sie sich setzen?« Er weist auf einen Stuhl, und ich tue ihm den Gefallen. Ich muss dafür sorgen, dass er weiterspricht. Ich habe diesem Mann beinahe all meine Geheimnisse erzählt, überzeugt davon, er werde diese Geheimnisse mit ins Grab nehmen, doch nun schenkt er mir ein schüchternes Lächeln und versucht, meinen Blick einzufangen.

»Weshalb haben Sie es getan?«

»Was denn?«, frage ich, erkenne jedoch meine eigene Stimme nicht wieder.

»Mich besucht. Sie kennen mich nicht, und ich habe den Eindruck, meine Familie ist zuletzt so gut wie gar nicht mehr hier gewesen.«

»Es war hart für sie, Sie so zu sehen.«

»Sie brauchen nicht nach Entschuldigungen für sie zu suchen.« Daraufhin schweigen wir beide, da wir unsicher sind, was wir sagen sollen. »Ich habe jetzt eine Enkelin.«

»Herzlichen Glückwunsch.«

»Der Vater behauptet, sie sei nicht von ihm.«

»Oh. Merkwürdig.«

»Sind Sie verheiratet?«

»Nein.«

»Gut. Die Ehe hält nicht, was sie verspricht.«

»Sie sagten, Sie erinnern sich an etwas?«

»Ja. Ist das nicht erstaunlich? Man meint, der ganze Körper befände sich im Winterschlaf, aber das Gehirn arbeitet weiter, sammelt weiter Informationen. Wirklich faszinierend.« Muhtar ist viel gesprächiger, als ich gedacht hätte, und er gestikuliert lebhaft beim Reden. Ich kann ihn mir in einem Raum voller Jugendlicher vorstellen, wie er ihnen Vorträge über Dinge hält, die sie nicht die Bohne interessieren, und dennoch mit Leidenschaft und Begeisterung bei der Sache ist.

»Sie erinnern sich also noch an vieles?«

»Nein. Nicht an vieles. Ich weiß noch, dass Sie Popcorn mit Sirup mögen. Sie meinten, ich solle es irgendwann einmal probieren.«

Mir stockt der Atem. Abgesehen von Tade wüsste das niemand hier, und Tade ist nicht der Typ, der einem Streiche spielt.

»Ist das alles?«, frage ich ruhig.

»Sie wirken nervös. Geht es Ihnen gut?«

»Alles in Ordnung.«

»Ich habe Wasser hier, falls Sie …«

»Wirklich, alles okay. Gibt es noch irgendetwas?«

Er taxiert mich mit zur Seite geneigtem Kopf. »Oh, ja, ich erinnere mich daran, dass Sie sagten, Ihre Schwester sei eine Serienmörderin.«

WAHNSINN

Wie bin ich bloß auf die Idee gekommen, mich einem Körper anzuvertrauen, der noch atmet?

Ein Gedanke huscht mir ungewollt durch den Kopf – ein Mittel zum Zweck. Ich verjage den Gedanken, erwidere seinen Blick und lache. »Was habe ich denn gesagt, wen sie umgebracht hat?«

»Daran erinnere ich mich nicht mehr so genau.«

»Nun, das war zu erwarten. Koma-Patienten fällt es im Allgemeinen schwer, ihre Traumwelt von der realen Welt zu unterscheiden.«

Er nickt. »Das habe ich auch schon gedacht.«

Er wirkt allerdings nicht überzeugt, aber vielleicht lässt meine Angst mich auch zu viel in seinen Tonfall hineinlesen. Er starrt mich noch immer an und versucht, sich auf all das einen Reim zu machen. Ich muss professionell bleiben.

»Haben Sie Kopfschmerzen?«

»Nein … habe ich nicht.«

»Gut. Schlafstörungen?«

»Manchmal …«

»Hm … nun, wenn Sie anfangen, unter Halluzinationen zu leiden …«

»Halluzinationen?!«

»Machen Sie sich keine Sorgen, lassen Sie es den Arzt einfach nur wissen.«

Er sieht besorgt aus, und ich fühle mich ein wenig schuldig. Ich stehe auf.

»Ruhen Sie sich aus, und wenn Sie irgendetwas brauchen, drücken Sie auf den Knopf neben sich.«

»Würde es Ihnen etwas ausmachen, noch ein bisschen länger zu bleiben? Ihre Stimme ist so angenehm.«

Sein Gesicht ist schmal und starr. Seine Augen sind das Ausdrucksstärkste an ihm. Ich schiebe den Stuhl zurück in die Ecke, und sein Blick folgt mir, während ich mich im Zimmer umherbewege, Dinge zurechtrücke, die bereits an ihrem Platz sind. Er macht mich nervös.

»Tut mir leid, Sir, aber ich muss zurück an die Arbeit.«

»Ist das hier denn nicht Ihre Arbeit?«

»Ich bin nicht die Krankenschwester, die Ihnen zugeteilt wurde.« Ich lächle gezwungen, gebe vor, einen Blick auf seine Akte zu werfen, und gehe dann zur Tür. »Ich bin froh, dass es Ihnen besser geht, Mr Yautai«, sage ich und verlasse das Zimmer.

Drei Stunden später teilt Bunmi mir mit, Muhtar habe darum gebeten, dass ich seine Krankenschwester werde. Yinka, die seine Krankenschwester *ist*, zuckt nur völlig gleichgültig mit den Schultern.

»Seine Augen sind sowieso gruselig.«

»Wen hat er darum gebeten?«, frage ich.

»Dr. ›Der Patient kommt an erster Stelle‹.« Dr. Akigbe. Die Wahrscheinlichkeit, dass Dr. Akigbe Muhtars Bitte nachkommen wird, ist sehr, sehr hoch. Er erfüllt Patienten mit größtem Vergnügen Wünsche, die ihm selbst nichts abverlangen.

Ich lasse mich auf den Stuhl hinter dem Empfangsschalter sinken und erwäge meine Optionen, aber keine von ihnen ist ideal. Ich stelle mir vor, seinen Namen in das Notizbuch zu schreiben. Ich frage mich, ob es bei Ayoola auf dieselbe Weise abläuft – in der einen Minute ist sie noch ausgelassen vor Freude und guter Dinge, und in der nächsten überkommen sie bereits mordlustige Gedanken.

SCHLAFEND

Ich träume von Femi. Nicht von dem leblosen Femi. Von jenem Femi, mit dessen Lächeln Instagram völlig zugekleistert gewesen ist, und dessen Gedichten ich in meinem Kopf ein Denkmal gesetzt habe. Ich versuche noch immer zu verstehen, wie er zu einem Opfer werden konnte.

Er war arrogant, daran besteht kein Zweifel. Aber das sind gut aussehende, talentierte Männer meistens. Auf seinem Blog war sein Tonfall schroff und zynisch, für Dummheit schien er keine Geduld zu haben. Aber als würde er einen Kampf mit sich selbst austragen, waren seine Gedichte spielerisch und romantisch. Er war … komplex. Die Sorte Mann, die Ayoolas Zauber eigentlich nicht hätte verfallen sollen.

In meinem Traum lehnt er sich im Stuhl zurück und fragt mich, was ich unternehmen werde.

»Weswegen?«

»Sie wird nicht damit aufhören, weißt du.«

»Sie hat in Notwehr gehandelt.«

»Das glaubst du doch nicht im Ernst«, tadelt er mich und schüttelt matt den Kopf.

Er steht auf und entfernt sich von mir. Ich folge ihm, was sollte ich auch sonst tun? Ich möchte aufwachen, aber ich möchte auch sehen, wohin Femi mich bringt. Wie sich herausstellt, möchte er den Ort aufsuchen, an dem er gestorben ist. Wir starren auf seinen Leichnam, wie vollkommen hilflos er aussieht. Neben ihm auf dem Fußboden liegt das Messer, das sie stets bei sich trägt und mit dem sie das Blut vergießt. Sie hatte es versteckt, bevor ich dort ankam, aber in meinem Traum kann ich es ganz klar und deutlich sehen.

Er fragt mich, ob er irgendetwas hätte anders machen können.

»Du hättest in ihr das erkennen können, was sie ist.«

EISCREME

Ihr Name ist Peju.

Sie lungert vor unserem Grundstück herum und schlägt in dem Augenblick zu, als ich durch das Tor fahre. Ich erkenne sie nicht gleich, strecke jedoch den Kopf aus dem Fenster, um zu erfahren, was sie möchte.

»Was habt ihr mit ihm gemacht?«

»Wie bitte?«

»Femi. Was habt ihr mit Femi gemacht?« Schlagartig wird mir klar, wer sie ist. Ich habe sie bereits unzählige Male auf Instagram gesehen. Sie ist es, die über Femi gepostet hat, die Ayoola auf Snapchat angeprangert hat. Sie hat eine Menge Gewicht verloren, und ihre hübschen Augen sind rot. Ich versuche, gelassen zu bleiben.

»Ich kann Ihnen nicht helfen.«

»Kann? Oder will? Ich möchte nur wissen, was mit ihm geschehen ist.« Ich versuche, weiterzufahren, aber sie öffnet die Fahrertür. »Es nicht zu wissen ist das Schlimmste.« Ihre Stimme versagt.

Ich schalte den Motor aus und steige aus dem Wagen. »Es tut mir leid, aber – «

»Ein paar Leute sagen, er habe sich wahrscheinlich auf und davon gemacht und das Land verlassen, aber das würde er nicht tun, und er würde nicht zulassen, dass wir uns solche Sorgen machen … wenn wir nur wüssten …«

Ich verspüre den starken Drang, ihr alles zu beichten, ihr zu erzählen, was mit ihrem Bruder geschehen ist, damit sie es sich nicht ihr Leben lang fragen muss. Ich lege mir die Worte im Kopf zurecht: *Tut mir leid, meine Schwester hat ihn von hinten erstochen, und ich hatte die Idee, seine Leiche ins Wasser zu werfen.* Ich male mir aus, wie es klingen würde. Ich male mir aus, was danach geschehen würde.

»Hören Sie, es tut mir wirklich – «

»Peju?«

Peju blickt rasch auf und sieht meine Schwester die Einfahrt entlangkommen.

»Was machst du hier?«, will Ayoola wissen.

»Du bist diejenige, die ihn als Letzte gesehen hat. Ich weiß, dass du irgendetwas verschweigst. Sag mir, was mit meinem Bruder geschehen ist.«

Ayoola trägt eine Latzhose – sie ist der einzige Mensch, den ich kenne, der das noch tragen kann – und schleckt an einem Eis, das wahrscheinlich aus der Eisdiele um die Ecke stammt. Sie hält im Schlecken inne, nicht etwa, weil Pejus Worte sie bewegt hätten, sondern weil ihr bewusst ist, dass es anständig ist, in Anwesenheit einer trauernden Person in dem, was man gerade tut, innezuhalten. Ich habe eines Sonntagnachmittags drei Stunden damit verbracht, ihr diese Anstandsregel beizubringen.

»Du glaubst, er ist … tot?«, fragt Ayoola mit leiser, sanfter Stimme.

Peju fängt an zu weinen. Es ist, als hätte Ayoolas Frage einen Damm zum Brechen gebracht, den Peju bis dahin mit größter Mühe aufrechterhalten hat. Sie weint tief und laut.

Sie schnappt nach Luft, und ihr Körper bebt. Ayoola leckt noch einmal an ihrem Eis, dann zieht sie Peju mit der freien Hand in eine Umarmung. Sie reibt ihr den Rücken, während Peju weiter weint.

»Alles wird gut. Am Ende wird alles gut«, murmelt Ayoola ihr zu.

Spielt es eine Rolle, von wem Peju getröstet wird? Was geschehen ist, ist geschehen. Und wenn nun ausschließlich die Mörderin ihres Bruders ehrlich über die Möglichkeit seines Todes sprechen kann? Irgendjemand musste Peju die erdrückende Last der Hoffnung nehmen, Femi könne noch am Leben sein, und Ayoola war als Einzige dazu bereit.

Ayoola tätschelt Peju weiter den Rücken, während sie resigniert auf ihr Eis starrt, an dem sie nicht mehr lecken kann und das nun auf die Straße tropf-tropft.

GEHEIMNIS

»Korede, kann ich dich einen Moment sprechen?«

Ich nicke und folge Tade in sein Büro. Sobald die Tür zu ist, strahlt er mich an. Ich laufe rot an und lächele unwillkürlich zurück.

Er sieht heute besonders gut aus. Für gewöhnlich trägt er sein Haar recht konservativ, beinahe bis auf die Kopfhaut gestutzt, aber in letzter Zeit hat er es wachsen lassen, und nun ist es an den Seiten und am Hinterkopf kurz, während es in der Mitte zweieinhalb Zentimeter hochragt. Es steht ihm.

»Ich möchte dir etwas zeigen, aber du musst mir versprechen, dass du es für dich behältst.«

»Okay …«

»Versprich es.«

»Ich verspreche, dass ich es für mich behalten werde.«

Summend öffnet er eine Schublade und fischt etwas heraus. Es ist eine Schachtel. Eine Ringschatulle.

»Für wen?«, piepse ich. Als hätte es jemals einen Zweifel daran gegeben, für wen der Ring ist. Und für wen nicht.

»Glaubst du, er wird ihr gefallen?«

Der Ring ist ein zweikarätiger Diamant im Prinzess-Schliff mit einer Edelsteinfassung. Man müsste blind sein, um keinen Gefallen daran zu finden.

»Du willst Ayoola einen Antrag machen«, stelle ich fest, damit wir einander auch richtig verstehen.

»Ja. Denkst du, sie wird Ja sagen?«

Endlich einmal eine Frage, auf die ich die Antwort nicht kenne. Ich halte heiße Tränen zurück und räuspere mich. »Ist das nicht zu früh?«

»Wenn man es weiß, dann weiß man es. Das wirst du auch eines Tages verstehen, Korede, wenn du in jemanden verliebt bist.«

Zu meiner eigenen Überraschung muss ich lachen. Es beginnt mit einem Keuchen, gefolgt von einem Kichern, und dann breche ich in ein unkontrollierbares, tränenüberströmtes Gelächter aus. Tade starrt mich an, aber ich kann nicht aufhören. Als ich mich endlich beruhigt habe, fragt er: »Was ist so komisch?«

»Tade … was magst du an meiner Schwester?«

»Alles.«

»Aber wenn du etwas Konkretes nennen müsstest.«

»Nun ja … sie ist … sie ist wirklich etwas ganz Besonderes.«

»Okay … aber was macht sie so besonders?«

»Sie ist einfach so … ich meine, sie ist wunderschön und perfekt. Ich wollte noch nie so sehr mit jemandem zusammen sein.«

Ich reibe mir mit den Fingern über die Stirn. Er vergisst, auf die Tatsache hinzuweisen, dass sie über die albernsten Dinge lacht und niemals nachtragend ist. Er hat auch nicht erwähnt, wie geschickt sie bei Spielen schummelt, oder dass sie einen Rock mit einem Hohlsaum versehen kann, ohne dabei auch nur hinzuschauen. Er kennt weder ihre besten Eigenschaften, noch ihre … dunkelsten Geheimnisse. Und das scheint ihm auch gar nichts auszumachen.

»Pack deinen Ring weg, Tade.«

»Was?«

»Es ist alles …« Ich lasse mich auf seinem Schreibtisch nieder und suche nach den passenden Worten. »Für sie ist das alles nur ein Spiel.«

Er seufzt und schüttelt den Kopf. »Menschen ändern sich, Korede. Ich weiß, dass sie mich betrogen hat und alles, aber doch nur, weil sie nie wahre Liebe gekannt hat. Und das ist es, was ich ihr geben kann.«

»Sie wird dir wehtun.« Ich will ihm die Hand auf die Schulter legen, aber er schüttelt sie ab.

»Ich habe alles im …«

Wie kann ein Mann bloß so begriffsstutzig sein? Die Frustration sitzt wie eine Luftblase in meiner Brust, und ich kann den Drang zu rülpsen nicht unterdrücken.

»Nein. Das ist mein Ernst – sie wird dir wehtun. Körperlich! Sie hat schon in der Vergangenheit Menschen – Männern – wehgetan.« Ich versuche, meine Worte mit meinen Händen zu untermalen, und würge pantomimisch die Luft.

Es entsteht ein Augenblick des Schweigens, in dem ihm bewusst wird, was ich gesagt habe, und mir bewusst wird, dass ich es gesagt habe. Ich lasse die Hände sinken. Ich sollte jetzt aufhören zu reden. Ich habe ihm alles gesagt, was ich sagen kann. Von nun an ist er auf sich gestellt.

»Hat es etwas damit zu tun, dass du selbst niemanden hast?«, fragt er.

»Wie bitte?«

»Weshalb willst du nicht, dass Ayoola den nächsten Schritt in ihrem Leben geht? Es scheint, als wolltest du, dass sie für den Rest ihres Lebens von dir abhängig bleibt.« Er schüttelt enttäuscht den Kopf, und es fällt mir unendlich schwer, nicht laut zu schreien. Ich bohre meine Fingernägel in meine Handfläche. Ich habe Ayoola nie von etwas abgehalten, wenn überhaupt, habe ich ihr eine Zukunft geschenkt.

»Das ist nicht …«

»Es scheint, als wolltest du nicht, dass sie glücklich ist.«

»Sie hat schon einmal jemanden umgebracht!«, schreie ich und bereue die Worte, sobald ich sie geäußert habe. Tade schüttelt erneut den Kopf, voller Verwunderung darüber, wie tief zu sinken ich gewillt bin.

»Sie hat mir von dem Typen erzählt, der gestorben ist. Sie meinte auch, du würdest ihr die Schuld daran geben.« Ich bin versucht, ihn zu fragen, welchen Typen er denn meint, sehe aber ein, dass dies ein Kampf ist, den ich nicht gewinnen kann. Ich hatte bereits verloren, ehe ich überhaupt wusste, dass er begonnen hat. Ayoola mag nicht hier sein, aber Tade ist wie eine Marionette, an deren Fäden sie zieht.

»Hör mal.« Seine Stimme wird sanfter, und er schlägt einen anderen Kurs ein. »Sie sehnt sich wirklich nach deiner Anerkennung, aber von dir wird sie immerzu verurteilt und verachtet. Sie hat einen geliebten Menschen verloren, und du tust nichts anderes, als ihr das Gefühl zu vermitteln, sie sei dafür verantwortlich. Ich hätte nie gedacht, dass du so grausam sein kannst. Ich dachte, ich würde dich kennen, Korede.«

»Nein, du weißt weder irgendetwas über mich noch über die Frau, der du einen Antrag machen willst. Und übrigens würde Ayoola niemals einen Ring unter drei Karat tragen.« Er starrt mich an, als würde ich eine andere Sprache sprechen, die Ringschatulle noch immer in der Hand. Was für eine Zeitverschwendung diese ganze Sache gewesen ist.

Während ich die Tür öffne, werfe ich ihm noch einen Blick

über die Schulter zu. »Pass einfach nur auf dich auf.« Sie hatte mich gewarnt: *Er ist nicht tiefgründig. Er will bloß ein hübsches Gesicht.*

FREUND

Als ich mich dem Empfangsschalter nähere, blickt Yinka von ihrem Telefon auf.

»Oh, gut, da bist du ja. Ich hatte schon Angst, ich müsste dich suchen.«

»Was willst du?«

»Entschuldige mal … *ich* will gar nichts, aber der Koma-Typ hat nonstop nach dir gefragt.«

»Sein Name ist Muhtar.«

»Von mir aus.« Yinka lehnt sich zurück und spielt weiter Candy Crush. Ich mache auf dem Absatz kehrt und gehe zu Zimmer 313.

Er sitzt in einem Sessel und lutscht an einer Àgbálùmò. Eine der anderen Krankenschwestern muss ihn für ein bisschen Abwechslung dort hingesetzt haben. Als ich eintrete, lächelt er.

»Hallo!«

»Hi.«

»Bitte, bitte, setzen Sie sich.«

»Ich kann eigentlich nicht lange bleiben.« Ich bin nicht in der Stimmung zu plaudern, mein Gespräch mit Tade klingt mir noch in den Ohren.

»Setzen Sie sich.«

Ich setze mich. Er sieht deutlich besser aus. Sein Haar wurde geschnitten, und er scheint ein wenig zugenommen zu haben. Er hat auch wieder mehr Farbe im Gesicht. Ich erwähne es ihm gegenüber.

»Vielen Dank. Bei Bewusstsein zu sein kann Wunder wirken für die Gesundheit!« Er lacht über seinen eigenen Scherz, verstummt dann jedoch. »Geht es Ihnen gut? Sie wirken ein wenig blass.«

»Mir geht es gut. Womit kann ich Ihnen helfen, Mr Yautai?«

»Bitte, es besteht doch kein Grund für Förmlichkeiten. Nennen Sie mich Muhtar.«

»Okay ...«

Er steht auf, greift nach einer Papiertüte auf dem Beistelltisch und reicht sie mir. Popcorn, das über und über mit Sirup beträufelt ist. Es sieht köstlich aus.

»Das wäre doch nicht nötig gewesen.«

»Ich wollte es aber. Das ist das Mindeste, was ich tun kann, um Ihnen zu danken.«

Das Krankenhaus verbietet es uns, Geschenke von Patienten anzunehmen, aber ich möchte ihn nicht kränken, indem ich seinen Versuch, seine Dankbarkeit zu zeigen, zurückweise. Ich bedanke mich, nehme die Tüte und stelle sie zur Seite.

»Ich habe noch etwas über meine Erinnerungen nachgedacht, und einige Dinge erscheinen mir jetzt ein bisschen klarer«, setzt er an.

Ehrlich gesagt bin ich zu müde hierfür. Irgendwann reicht es für einen Tag. Soll er sich doch an alles erinnern, was ich ihm gesagt habe, darunter auch, wo die Leichen sind, und dann wird alles vorbei sein.

»Nur einmal angenommen, man würde jemanden kennen, der ein schlimmes Verbrechen begangen hat. Jemanden, der einem wichtig ist. Was würde man tun?« Er hält inne.

Ich lehne mich im Stuhl zurück und betrachte ihn abschätzend. Ich muss meine Worte klug wählen, da ich diesem Mann leichtsinnig das Werkzeug in die Hand gegeben habe, um meine Schwester und mich ins Gefängnis zu bringen, und keinen Schimmer habe, was sein Standpunkt dazu ist. »Man wäre verpflichtet, es zu melden.«

»Das wäre man, ja, aber die meisten von uns würden es nicht tun, oder?«

»Würden wir nicht?«

»Nein, denn wir sind dazu veranlagt, die Menschen zu schützen, die wir lieben, und ihnen gegenüber loyal zu sein. Außerdem ist niemand auf dieser Welt unschuldig. Natürlich, Sie brauchen doch bloß einmal hochzugehen auf Ihre Entbindungsstation! All die lächelnden Eltern mit ihren Neugeborenen? Mörder und Opfer. ›Die liebevollsten Eltern und Verwandten morden mit einem Lächeln im Gesicht. Sie zwingen uns, den Menschen zu zerstören, der wir eigentlich sind: eine subtile Art von Mord.‹«

»Das ist ziemlich …« Ich bringe den Satz nicht zu Ende. Die Worte beunruhigen mich.

»Das ist ein Zitat von Jim Morrison. Eine solche Weisheit kann ich nicht für mich beanspruchen.« Er lutscht weiter an der Àgbálùmò. Er wartet darauf, dass ich etwas sage.

»Werden Sie irgendjemandem etwas erzählen von … dieser Sache?«

»Ich bezweifle, dass die Worte eines Koma-Patienten da draußen als besonders stichhaltig gelten.« Er weist mit dem Daumen auf die Tür, die uns von der Welt draußen trennt.

Keiner von uns sagt etwas. Ich konzentriere mich darauf, meinen Puls zu verlangsamen. Ohne es zu wollen, rinnen mir Tränen das Gesicht herunter. Muhtar bleibt stumm. Er lässt mir die Zeit, um zu verarbeiten, dass es jemanden gibt, der weiß, was auf mir lastet, dass jemand auf meiner Seite ist.

»Muhtar, Sie wissen genug, um uns beide für immer wegsperren zu lassen. Weshalb hüten Sie dieses Geheimnis?«, frage ich ihn, während ich mir das Gesicht trocken wische.

Er lutscht an einer weiteren Àgbálùmò und verzieht wegen der Säure der Frucht das Gesicht.

»Ihre Schwester kenne ich nicht. Von Ihren Kollegen habe ich gehört, dass sie ganz reizend ist, aber ich habe sie noch nie selbst gesehen, deshalb ist sie mir auch nicht wichtig. Aber Sie kenne ich.« Er zeigt auf mich. »Sie sind mir wichtig.«

»Sie kennen mich nicht.«

»Ich kenne Sie. Ihretwegen bin ich aufgewacht – Ihre Stimme hat mich gerufen. Ich höre sie noch immer in meinen Träumen ...«

Er gerät ins Schwärmen. Es fühlt sich an, als befände auch ich mich in einem Traum.

»Ich habe Angst«, flüstere ich kaum hörbar.

»Wovor?«

»Der Mann, mit dem sie jetzt zusammen ist ... Sie könnte ihn ...«

»Dann retten Sie ihn.«

VATER

Der Tag vor jenem Tag, an dem alles vorbei war, war ein Sonntag. Die Sonne brannte erbarmungslos.

Alle Klimaanlagen im Haus waren voll aufgedreht, aber ich konnte die Wärme von draußen noch immer spüren. Auf meiner Stirn bildeten sich Schweißtropfen. Ich saß im oberen Wohnzimmer unter einer der Klimaanlagen und hatte nicht die Absicht, mich von dort fortzubewegen. Zumindest bis Ayoola die Treppe herauf gehastet kam und mich fand.

»Dad hat einen Gast!«

Wir lehnten uns über das Geländer der Galerie, um den Mann auszuspionieren. Die Agbádá, die er trug, rutschte ihm ständig die Arme herunter, weshalb er sie immer wieder hochschob. Sie war von einem satten Blau und so riesig, dass man unmöglich sagen konnte, ob ein schlanker oder ein fetter Mann unter den Stoffbahnen steckte. Ayoola schob pantomimisch ihre eigenen Ärmel hoch, und wir kicherten. Wenn er Gäste hatte, hatten wir keine Angst vor unserem Vater – dann legte er stets sein bestes Benehmen an den Tag. Wir konnten lachen und spielen, ohne uns groß vor einer Strafe zu fürchten. Der Gast blickte zu uns herauf und lächelte. Sein Gesicht hat sich für immer in mein Gedächtnis eingebrannt – es war quadratisch und schwarz, viel schwärzer, als ich es bin, mit dermaßen weißen Zähnen, dass er seinen Zahnarzt auf Kurzwahl haben musste. Ich malte mir aus, wie ihm Ṣàkì zwischen den Backenzähnen steckenblieb und er dann sofort nach einer Kieferoperation verlangte. Die Vorstellung amüsierte mich, und ich teilte sie mit Ayoola, die laut auflachte. Das zog die Aufmerksamkeit meines Vaters auf uns.

»Korede, Ayoola, kommt meinen Gast begrüßen.«

Wir marschierten folgsam nach unten. Der Gast hatte sich bereits gesetzt, und meine Mutter reichte ihm eine Leckerei nach der anderen. Er war wichtig. Wir knieten nieder, wie es üblich war, aber er bedeutete uns mit einer Geste, wieder aufzustehen.

»So alt bin ich ja nun auch wieder nicht!«, rief er. Er und Vater lachten, auch wenn wir nicht wussten, was daran lustig sein sollte. Meine Füße waren heiß und juckten, und ich wollte unter die Kühle der Klimaanlage zurückkehren. Ich verlagerte das Gewicht von einem Fuß auf den anderen, in der Hoffnung, mein Vater würde uns entlassen, damit die Männer übers Geschäft reden konnten, aber Ayoola war vom Stock des Gastes in den Bann gezogen. Er war von oben bis unten besetzt mit verschiedenfarbigen Perlen. Seine Pracht faszinierte sie, und sie trat näher heran, um ihn zu untersuchen.

Der Mann hielt inne und beobachtete meine Schwester über den Rand seiner Teetasse hinweg. Als er sie so aus der Nähe betrachtete, lächelte er – aber es war nicht dasselbe Lächeln, das er uns zuvor geschenkt hatte.

»Ihre Tochter ist sehr schön.«

»Tatsächlich«, erwiderte mein Vater und neigte den Kopf.

»Sehr, sehr hübsch.« Er befeuchtete sich die Lippen. Ich packte Ayoolas Hand und zog sie ein paar Schritte zurück. Der Mann sah aus wie ein Chief, und als wir an Weihnachten ins Dorf gefahren waren, hatten uns unsere Großeltern mütterlicherseits stets von den Chiefs ferngehalten. Anscheinend konnte ein Chief jedes Mädchen, das ihm gefiel, einfach mit seinem mit Edelsteinen geschmückten Stock berühren, und sie wurde seine Frau, unabhängig davon, wie viele Ehefrauen der Mann bereits hatte, und unabhängig davon, ob das fragliche Mädchen überhaupt seine Frau werden wollte.

»Hey! Was machst du da?«, maulte Ayoola. Ich hieß sie still sein. Mein Vater warf mir einen finsteren Blick zu, sagte jedoch nichts. Die Art und Weise, wie der Besucher Ayoola musterte, löste eine instinktive Angst in mir aus. Das Gesicht des Besuchers wurde nass vor Schweiß, doch selbst während er sich die Stirn mit seinem Taschentuch abwischte, ließ er Ayoola nicht aus dem Blick. Ich wartete darauf, dass Vater den Mann in seine Schranken wies. Stattdessen lehnte Vater sich zurück und strich sich über den Bart, auf dessen Pflege er viel Mühe verwendete. Er betrachtete Ayoola, als würde er sie zum ersten Mal sehen. Er war der einzige Mann, der niemals auf Ayoolas atemberaubendes Äußeres hinwies. Er behandelte uns beide genau gleich. Ich hatte nie den Eindruck gehabt, dass ihm überhaupt bewusst war, wie wunderschön sie war.

Unter seinem Blick verwandelte Ayoola sich. Er nahm uns nur selten in Augenschein, und wenn er es tat, endete es niemals gut. Sie stemmte sich nicht mehr gegen meinen Griff, sondern ließ zu, dass ich sie an mich zog. Vater richtete seinen Blick wieder auf den Chief-Typen. In seinen Augen glitzerte es.

»Mädchen, lasst uns allein.«

Das musste man uns nicht zweimal sagen. Wir eilten aus dem großen Wohnzimmer und schlossen die Tür hinter uns. Ayoola begann, die Treppe hinaufzurennen, aber ich presste mein Ohr gegen die Tür.

»Was machst du da?«, zischte sie. »Wenn er uns erwischt – «

»Schschsch.« Ich schnappte einzelne Wörter auf, die durch die Tür sickerten, Wörter wie »Vertrag«, »Geschäft«, »Mädchen«. Die Türen waren aus dicker Eiche, also konnte ich nicht viel mehr verstehen. Ich trat zu Ayoola auf die Treppe, und wir gingen in mein Zimmer.

Als die Sonne unterging, standen wir draußen auf dem Balkon und sahen zu, wie der Mann auf den Rücksitz seines Mercedes kletterte und von unserem Grundstück gefahren wurde. Die Furcht, die mir im Hals steckengeblieben war, wich, und ich vergaß den Vorfall mit dem Chief.

FAMILIE

Muhtar und ich unterhalten uns, über das fade Essen hier, die rauen Laken und die Lügengeschichten seiner ehemaligen Schüler.

Es klopft an der Tür, und Mohammed betritt das Zimmer und unterbricht uns. Er murmelt mir eine Begrüßung zu, dann strahlt er Muhtar an und begrüßt ihn auf Hausa, worauf Muhtar begeistert antwortet. Mir ist nicht bewusst gewesen, dass sie sich kennen. Und ich habe Mohammed noch nie jemanden so … frei anlächeln sehen, abgesehen von den Krankenschwestern, die sich um ihn prügeln. Ihr Schwall aus Hausa-Worten macht mich zu einer Fremden, und nach fünf Minuten beschließe ich, zu gehen; bevor ich jedoch Gelegenheit habe, meine Absicht zu verkünden, klopft es erneut an der Tür.

Einer von Muhtars Söhnen tritt ein, gefolgt von einer jugendlich wirkenden Frau. Ich kenne die Namen seiner Kinder nicht – sie sind mir nicht wichtig erschienen. Aber ich erkenne, dass es der Ältere sein muss, der größer ist und einen Vollbart hat. Er ist so dünn wie sein Vater; das sind sie alle, wie Schilfgras im Wind. Sein Blick fällt auf mich. Er fragt sich wahrscheinlich, weshalb eine Krankenschwester es sich am Bett seines Vaters gemütlich gemacht hat und mit dem Finger den Rand einer leeren Tasse entlangfährt.

Mohammed leert den Mülleimer und schlurft aus dem Zimmer. Ich stehe auf.

»Guten Morgen, Dad.«

»Guten Morgen … Korede, wollen Sie etwa schon gehen?«

»Sie haben Besuch.« Ich nicke seinem Sohn zu.

Muhtar winkt schnaubend ab. »Sani, das ist Korede, die Besitzerin der Stimme in meinen Träumen. Es macht dir doch sicher nichts aus, wenn sie bleibt.«

Der Sohn runzelt die Stirn vor Missfallen. Bei genauerem Hinsehen sieht er seinem Vater gar nicht so ähnlich, wie ich zunächst dachte. Er hat kleine, aber weit auseinanderstehende Augen, die ihm einen permanent überraschten Gesichtsausdruck verleihen. Er nickt steif, und ich nehme wieder Platz.

»Dad, das ist Miriam, die Frau, die ich heiraten möchte«, verkündet er. Sie kniet aus Respekt vor dem Mann, von dem sie hofft, dass er ihr Schwiegervater wird, zu einem Tsugunnawa nieder.

Muhtar kneift die Augen zusammen. »Was ist mit der letzten passiert, die du mir vorgestellt hast?«

Sein Sohn seufzt. Es ist ein langes, theatralisches Seufzen. »Daraus ist nichts geworden, Dad. Du warst so lange weggetreten …« Ich hätte das Zimmer verlassen sollen, als sich die Gelegenheit bot.

»Ich verstehe nicht, was das bedeuten soll. Hatte ich nicht bereits ihre Eltern kennengelernt?«

Miriam kniet nach wie vor, ihre rechte Handfläche umschließt die linke. Die beiden Männer scheinen vergessen zu haben, dass sie noch immer hier ist. Falls sie gerade zum ersten Mal von einer anderen Frau hört, scheint das nicht zu ihr durchzudringen. Sie sieht mit leerem Blick zu mir auf.

Sie erinnert mich an Bunmi. Sie hat ein rundes Gesicht und scheint ausschließlich aus Kurven und weichem Fleisch zu bestehen. Ihre Haut ist sogar noch dunkler als meine – sie ist ganz nah dran an der Farbe Schwarz, mit der man uns alle bezeichnet. Ich frage mich, wie alt sie wohl ist.

»Ich habe meine Meinung geändert, was sie angeht, Dad.«

»Und das Geld, das wir bereits ausgegeben haben?«

»Das ist nur Geld. Ist mein Glück denn nicht wichtiger?«

»Diesen Wahnsinn wolltest du also durchziehen, während ich krank war?«

»Dad, ich möchte mit den Vorbereitungen beginnen, und ich brauche von dir – «

»Sani, wenn du glaubst, du bekommst auch nur einen Cent von mir, dann bist du dümmer, als ich dachte. Miriam, Ihr Name ist Miriam, abi? Stehen Sie auf. Es tut mir sehr leid, aber ich werde diese Heirat nicht billigen.« Miriam rappelt sich stolpernd auf und stellt sich neben Sani.

Sani blickt mich finster an, als wäre ich irgendwie für diese Entwicklung der Dinge verantwortlich. Ich begegne seinem wütenden Blick mit einem gleichgültigen Gesichtsausdruck. Ein Mann wie er könnte mich niemals aus der Ruhe bringen. Aber Muhtar registriert unseren Blickwechsel.

»Sieh mich an, Sani, und nicht Korede.«

»Weshalb ist sie überhaupt hier? Das ist eine Familienangelegenheit!«

Tatsächlich stelle ich mir dieselbe Frage. Warum will Muhtar, dass ich hier bin? Wir blicken ihn beide in Erwartung einer Antwort an, aber er scheint es nicht eilig zu haben, uns eine zu liefern.

»Ich habe zu dieser Angelegenheit alles gesagt, was ich zu sagen habe.«

Sani ergreift Miriams Hand, wirbelt herum und zerrt sie mit sich aus dem Zimmer. Muhtar schließt die Augen.

»Weshalb wollten Sie, dass ich hierbleibe?«, frage ich ihn.

»Weil Sie stark sind«, erwidert er.

SCHAFE

Nachdem ich es leid bin, mich hin und her zu wälzen, beschließe ich, in Ayoolas Zimmer zu gehen. Als wir klein waren, haben wir oft in einem Bett geschlafen, und es hat jedes Mal beruhigend auf uns beide gewirkt. Gemeinsam waren wir in Sicherheit.

Sie trägt ein langes Baumwoll-T-Shirt und hält einen braunen Teddybären im Arm. Sie hat die Knie angezogen und rührt sich nicht, als ich neben sie unter die Decke schlüpfe. Das überrascht mich nicht. Ayoola wacht erst auf, wenn ihr Körper vom Schlafen genug hat. Sie träumt nicht, sie schnarcht nicht. Sie fällt in ein Koma, das nicht einmal jemand wie Muhtar nachempfinden kann.

Ich beneide sie darum. Mein Körper ist erschöpft, aber mein Geist macht Überstunden, erinnert sich und schmiedet Pläne und hadert im Nachhinein. Ihre Taten verfolgen mich mehr als sie. Wir mögen einer Bestrafung entgangen sein, aber deshalb haben wir nicht weniger Blut an den Händen. Wir liegen relativ bequem in unserem Bett, während Femis Leichnam sich dem Wasser und den Fischen beugt. Ich bin versucht, Ayoola wachzurütteln, aber was würde das nützen? Selbst wenn es mir gelänge, sie zu wecken, würde sie mir nur sagen, dass alles gut werde, und direkt wieder einschlafen.

Stattdessen zähle ich – Schafe, Enten, Hühner, Kühe, Ziegen, Buschratten und Leichen. Ich zähle sie bis zur Besinnungslosigkeit.

VATER

Ayoola hatte einen Gast. Es war in den Sommerferien, und er war in der Hoffnung erschienen, dass sie seine Freundin werden würde, bevor die Schule wieder anfing. Ich glaube, er hieß Ola. Ich weiß noch, dass er schlaksig war, mit einem Muttermal, das sein halbes Gesicht verfärbte. Ich weiß noch, dass er den Blick nicht von Ayoola abwenden konnte.

Vater nahm ihn freundlich in Empfang. Er bekam Getränke und Knabbereien angeboten. Er wurde dazu überredet, von sich zu erzählen. Er bekam sogar das Messer gezeigt. Wenn man Ola fragte, war unser Vater ein großzügiger, aufmerksamer Gastgeber. Sogar Mum und Ayoola fielen auf die Darbietung herein – sie lächelten beide. Ich jedoch saß auf der Sesselkante und hatte die Fingernägel ins Polster gegraben.

Ola hütete sich, dem Vater des Mädchens, mit dem er sich verabreden wollte, sein Interesse an ihr mitzuteilen, aber man konnte es daran erkennen, wie er Ayoola immer wieder Blicke zuwarf, wie er sich ihr zuwandte, wie er ständig ihren Namen aussprach.

»Hört, hört, ein Mann mit Visionen!«, verkündete Vater kichernd, nachdem Ola einen wohlmeinenden Kommentar darüber abgegeben hatte, Obdachlosen bei der Arbeitssuche helfen zu wollen. »Du bist bestimmt beliebt bei den Damen.«

»Ja, Sir. Nein, Sir«, stammelte er überrumpelt.

»Meine Töchter gefallen dir wohl? Sie sind reizend, oder?« Ola lief rot an. Sein Blick schnellte erneut zu Ayoola. Vaters Kiefer verkrampfte. Ich blickte mich um, aber Ayoola und meine Mutter hatten es nicht bemerkt. Ich weiß noch, dass ich mir wünschte, ich hätte Ayoola eine Art von Code beigebracht. Ich hustete.

»Pèlé«, sagte meine Mutter zu mir mit ihrer beruhigenden Stimme. Ich hustete noch einmal. »Geh ein Glas Wasser trinken.« Ich hustete erneut. Nichts.

Ayoola, komm mit mir, formte ich mit den Lippen, die Augen weit aufgerissen.

»Nein, danke.«

»Komm jetzt mit mir«, zischte ich. Sie verschränkte die Arme und wandte sich wieder Ola zu. Sie genoss seine Aufmerksamkeit zu sehr, um sich um mich zu scheren. Vater richtete seinen Blick auf mich und lächelte. Dann folgte ich seinem Blick zu dem Stock.

Der Stock lag fünfundzwanzig Zentimeter über dem Fernseher auf einem eigens angefertigten Brett. Dort blieb er den ganzen Tag über, an jedem Tag. Mein Blick wurde ständig davon angezogen. Für das unschuldige Auge musste er wie ein Kunstwerk aussehen – eine Anspielung auf Geschichte und Kultur. Er war dick, glatt und mit verschlungenen Schnitzereien versehen.

Der Besuch verstrich langsam, bis Vater entschied, dass er vorüber war, Ola zur Tür begleitete, ihn aufforderte, wiederzukommen, und ihm alles Gute wünschte. Dann ging er durch das stille Wohnzimmer und griff nach dem Stock.

»Ayoola, komm her.« Sie blickte auf, sah den Stock und zitterte. Mutter zitterte. Ich zitterte. »Bist du taub? Komm her, habe ich gesagt!«

»Aber ich habe ihn nicht gebeten, mich zu besuchen«, heulte sie, da sie sogleich verstand, worum es ging. »Ich habe ihn nicht eingeladen.«

»Bitte, Sir, bitte«, flüsterte ich. Ich weinte bereits. »Bitte.«

»Ayoola.« Sie trat nach vorn. Sie hatte ebenfalls begonnen zu weinen. »Zieh dich aus.«

Sie knöpfte ihr Kleid auf, Knopf für Knopf. Sie beeilte sich nicht, sie nestelte daran herum, sie weinte. Aber er war geduldig.

»Nítorí Ọlórun, Kehinde, bitte. Nítorí Ọlórun.« Gott zuliebe, bettelte Mutter. Gott zuliebe. Ayoolas Kleid bildete eine Pfütze um ihre Füße. Sie trug einen weißen Sport-BH und ein weißes Höschen. Obwohl ich die Ältere war, hatte ich noch immer keine Verwendung für einen BH. Mutter klammerte sich an Vaters Hemd, aber er schob sie beiseite. Sie konnte ihn niemals aufhalten.

Ich machte einen mutigen Schritt nach vorn und nahm Ayoolas Hand in meine. Die Erfahrung hatte mich gelehrt, dass der Stock, wenn man in seine Reichweite kam, keine Unterscheidung machte zwischen Opfer und Beobachter, aber ich hatte das Gefühl, Ayoola würde die Schläge ohne mich nicht überleben.

»Ich schicke dich also in die Schule, damit du dich durch die Betten schläfst, abi?«

Bevor man den Stock spürt, hört man sein Geräusch. Es peitscht die Luft. Sie schrie auf, und ich schloss die Augen.

»Ich zahle all das Geld, damit du zur Prostituierten wirst?! Antworte mir, na!«

»Nein, Sir.« Wir nannten ihn nicht Daddy. Wir hatten es noch nie getan. Er war kein Daddy, jedenfalls keiner von der Art, auf die das Wort »Daddy« passte. Man konnte ihn eigentlich kaum als Vater betrachten. In unserem Haus war er das Gesetz.

»Du denkst, du bist was ganz Besonderes, abi? Ich werde dich lehren, wer was ganz Besonderes ist!« Er schlug sie erneut. Dieses Mal streifte der Stock mich ebenfalls. Ich sog scharf die Luft ein.

»Du glaubst, dieser Junge mag dich? Der will nur, was zwischen deinen Beinen ist. Und wenn er genug hat, zieht er weiter.«

Durch Schmerz schärfen sich die Sinne. Ich kann noch immer seinen schweren Atem hören. Er war kein fitter Mann. Während einer Tracht Prügel wurde er rasch müde, aber er hatte einen starken Willen und einen noch stärkeren Drang, Disziplin auszuüben. Ich habe noch immer den Geruch unserer Angst in der Nase – säuerlich, metallisch, noch stechender als der Gestank von Erbrochenem.

Er hielt weiter seine Strafpredigt, während er seine Waffe schwang. Ayoolas Haut war hell genug, um zu erkennen, dass sie sich rot verfärbte. Da er mich nicht anvisierte, traf der Stock mich nur gelegentlich, an meiner Schulter, meinem Ohr oder meiner Wange, aber selbst dieser Schmerz war schwer zu ertragen. Ich spürte, wie sich Ayoolas Griff um meine Hand lockerte. Ihre Schreie waren zu einem leisen Wimmern abgeflaut. Ich musste handeln. »Wenn du sie weiter schlägst, bekommt sie Narben, und dann werden die Leute Fragen stellen!«

Seine Hand verharrte in der Luft. Wenn es auf der Welt eines gab, das ihm wirklich wichtig war, dann war es sein

Ruf. Er wirkte unsicher, was er als Nächstes tun sollte, aber dann wischte er sich den Schweiß von der Stirn und legte den Stock zurück an seinen Aufbewahrungsort. Ayoola sank neben mir zu Boden.

Kurze Zeit später, nachdem die Schule wieder angefangen hatte, trat Ola in einer Pause an mich heran, um mich an seinen Gedanken über meinen Vater teilhaben zu lassen.

»Euer Dad ist wirklich cool«, erklärte er mir. »Ich wünschte, mein Dad wäre so wie er.«

Was Ayoola anging, sprach sie mit Ola nie wieder ein Wort.

EHEFRAU

»Wenn euch diese Schuhe nicht gefallen, habe ich noch mehr auf Lager. Ich kann euch Bilder schicken.« Bunmi und ich blicken auf die Lawine aus Schuhen herunter, die Chichi hinter der Schwesternstation auf dem Boden ausgekippt hat. Ihre Schicht ist seit mindestens dreißig Minuten vorbei. Sie hat ihre Kleidung gewechselt, und anscheinend auch ihren Beruf – von einer Krankenschwester hat sie sich in eine Verkäuferin verwandelt. Sie beugt sich vor und wühlt sich durch die Schuhe auf dem Fußboden, um das Paar zu finden, das wir einfach kaufen *müssen*. Sie beugt sich schließlich so weit vor, dass wir ihre Poritze über ihrer Jeans auftauchen sehen. Ich wende den Blick ab.

Ich war gerade dabei, mich um meine eigenen Angelegenheiten zu kümmern und einen Termin für einen Patienten einzutragen, als sie mir ein Paar schwarze Pumps unter die Nase hielt. Ich wimmelte sie ab, aber sie bestand darauf, dass ich mir ihre Waren anschauen komme. Es ist bloß so, dass all die Schuhe, die sie verkauft, so billig aussehen, als würden sie nach einem Monat auseinanderfallen. Sie hat sich noch nicht einmal die Mühe gemacht, sie zu polieren, und nun liegen sie auf dem Fußboden. Ich zwinge mich zu einem Lächeln.

»Weißt du, wir haben unser Gehalt noch nicht bekommen, Chichi …«

»Und ich habe mir gerade erst ein neues Paar Schuhe gekauft«, stimmt Bunmi ein.

Chichi strafft die Schultern und wackelt vor uns mit einem Paar glitzernder High Heels. »Schuhe kann man nie genug haben. Ich biete sehr vernünftige Preise.«

Sie will gerade mit der Verkaufspräsentation für ein Paar mit Zwanzigzentimeter-Keilabsätzen beginnen, als Yinka auf uns zu gerannt kommt und die Handflächen auf den Empfangsschalter knallt. Sie mag nicht meine absolute Lieblingsperson sein, aber gerade bin ich dankbar für die Unterbrechung.

»Im Zimmer vom Koma-Mann gibt es Theater!«

»Was für ein Theater?« Chichi vergisst ihre Schuhe und lässt ihren Ellbogen auf meiner Schulter ruhen, während sie sich nach vorne lehnt. Ich widerstehe dem Drang, ihren Arm wegzuschieben.

»Eh, ich wollte gerade nach meinem Patienten sehen, da habe ich Geschrei aus seinem Zimmer gehört.«

»Er hat geschrien?«, frage ich sie.

»Das Geschrei kam von seiner Frau. Ich bin stehengeblieben, um … mich zu vergewissern, dass es ihm gutgeht … und da habe ich gehört, wie sie ihn den Teufel genannt hat. Dass er sein Geld nicht mit sich ins Grab nehmen kann.«

»Hey! Ich hasse geizige Männer!« Chichi schnipst mehrmals über dem Kopf mit den Fingern, um alle geizigen Männer abzuwehren, die versucht sein könnten, ihr nahezukommen. Ich öffne den Mund, um Muhtar zu verteidigen, ihnen zu sagen, dass er ganz und gar nicht geizig ist, sondern im Gegenteil großzügig und freundlich – aber dann sehe ich

Bunmis trüben Blick, Chichis gierigen und Yinkas dunkle Pupillen, und ich weiß, dass sie meine Worte absichtlich falsch interpretieren würden. Also stehe ich stattdessen rasch auf, und Chichi gerät ins Wanken.

»Wohin gehst du?«

»Wir können nicht zulassen, dass unsere Patienten von Freunden oder Familienangehörigen belästigt werden. Solange sie hier sind, befinden sie sich in unserer Obhut«, rufe ich zurück.

»Den Spruch solltest du dir aufs Auto kleben«, schreit Yinka. Ich gebe vor, sie nicht gehört zu haben, und nehme auf der Treppe zwei Stufen auf einmal. Im dritten Stock gibt es dreißig Zimmer: 301 bis 330. Ich höre das Geschrei, sobald ich den Flur betrete. Da ist die nasale Stimme der Ehefrau, und daneben eine Männerstimme. Sie jammert und bettelt, daher weiß ich, dass es nicht Muhtars ist.

Ich klopfe an die Tür, und die Stimmen verstummen.

»Herein«, ruft Muhtar erschöpft. Ich öffne die Tür und sehe ihn in einer grauen Jalabia neben dem Bett stehen. Er hält sich am Gitter fest, und ich erkenne, dass er sich auch halb darauf abstützt. Die Belastung für seinen Körper zeigt sich in seinem Gesicht. Er sieht älter aus als bei unserer letzten Begegnung.

Seine Frau ist in ein Mayafi-Tuch aus roter Spitze gehüllt. Es bedeckt ihr Haar und fällt ihr über die rechte Schulter. Ihr Kleid ist aus demselben Material geschneidert. Ihre Haut leuchtet, aber ihr fauchender Gesichtsausdruck ist der eines wilden Tieres. Muhtars Bruder Abdul steht mit gesenktem Blick neben ihr. Zu ihm gehört wahrscheinlich die jammernde Stimme.

»Ja?«, blafft die Frau mich an.

Ich ignoriere sie. »Muhtar?«

»Mir geht es gut«, versichert er mir.

»Möchten Sie, dass ich bleibe?«

»Wie meinen Sie das, ob er möchte, dass Sie bleiben? Sie sind eine einfache Krankenschwester, na los, raus hier!«

Ihre Stimme klingt wie Fingernägel auf einer Tafel.

»Haben Sie mich gehört?«, kreischt sie.

Ich trete neben Muhtar, und er lächelt mir matt zu.

»Ich denke, Sie sollten sich setzen«, erkläre ich ihm sanft. Er lockert seinen Griff um die Gitterstäbe, und ich helfe ihm in den nächstgelegenen Stuhl. Ich lege ihm eine Decke über den Schoß. »Möchten Sie, dass sie bleiben?«, flüstere ich.

»Was sagt sie zu ihm?«, spuckt seine Frau hinter mir aus. »Sie ist eine Hexe! Sie hat Juju angewandt, um meinen Mann nutzlos zu machen! Ihretwegen ist er so unvernünftig. Abdul, tu etwas. Schick sie fort!« Sie zeigt auf mich. »Ich werde Sie anzeigen. Ich weiß nicht, welche Art von schwarzer Magie Sie gebrauchen …«

Muhtar schüttelt den Kopf, und mehr benötige ich nicht als Zeichen. Ich richte mich auf und blicke sie an.

»Madam, bitte gehen Sie, oder ich muss Sie vom Sicherheitsdienst hinausgeleiten lassen.«

Ihre Unterlippe zittert, und ihre Augen zucken. »Was glauben Sie, mit wem Sie sprechen? Abdul!«

Ich wende mich Abdul zu, aber er hebt den Blick nicht, um mich anzusehen. Er ist jünger als Muhtar, und er mag sogar größer sein, aber das ist schwer zu sagen, da er den Kopf so tief gesenkt hat, dass er ihm vom Hals zu fallen droht. Er reibt ihr die Arme, um sie zu beruhigen, aber sie entzieht sich ihm. Um ehrlich zu sein, würde ich mich ihm auch entziehen. Er trägt einen teuren, aber schlecht sitzenden

Anzug. An den Schultern ist er zu weit und an der Brust zu breit. Es könnte genauso gut der Anzug eines anderen sein – so wie die Frau, deren Arm er reibt, die Frau eines anderen ist.

Ich blicke sie erneut an. Sie mag einst schön gewesen sein. Vielleicht, als Muhtar sie zum ersten Mal sah.

»Ich möchte nicht unhöflich sein«, erkläre ich ihr, »aber das Wohlergehen meines Patienten hat für mich Priorität, und wir lassen nicht zu, dass irgendjemand es aufs Spiel setzt.«

»Für wen halten Sie sich eigentlich?! Glauben Sie, Sie bekommen Geld von ihm? Abi, hat er Ihnen etwa schon Geld gegeben? Muhtar, uns behandelst du immer herablassend, und jetzt jagst du einer Krankenschwester hinterher. Sieh dich doch nur an! Du konntest dir nicht einmal eine Hübsche aussuchen!«

»Raus hier!« Der Befehl kommt von Muhtar und lässt uns alle zusammenfahren. In seiner Stimme liegt eine Autorität, die ich bislang noch nicht vernommen habe. Abdul hebt den Kopf und senkt ihn rasch wieder. Die Ehefrau starrt uns beide zornig an, ehe sie auf dem Absatz kehrtmacht und aus der Tür marschiert, den ihr schlaff folgenden Abdul im Schlepptau. Ich ziehe einen Stuhl heran und setze mich neben Muhtar. Seine Lider sind schwer. Er tätschelt mir die Hand. »Danke.«

»Sie sind die beiden ganz allein losgeworden.«

Er seufzt.

»Anscheinend will Miriams Vater sich zum Gouverneur des Bundesstaats Kano wählen lassen.«

»Ihre Frau möchte also, dass Sie der Verbindung zustimmen.«

»Ja.«

»Und werden Sie es tun?«

»Würden Sie es tun?« Ich denke an Tade, wie er mich mit dem Ring in der Hand anblickte und auf meinen Segen wartete.

»Lieben sie einander?«

»Wer?«

»Miriam und … Ihr Sohn.«

»Liebe. Was für ein neuartiges Konzept.« Er schließt die Augen.

NACHT

Tade starrt mich an, aber sein Blick ist leer. Sein Gesicht ist aufgedunsen, verzerrt. Er streckt die Arme aus, um mich zu berühren, und seine Hände sind kalt.

»Du hast das getan.«

ZERBROCHEN

Ich schlüpfe in Tades Sprechzimmer und durchwühle seine Schreibtischschubladen auf der Suche nach der Ringschatulle. Tade hat einen Patienten in die Radiologie gebracht, daher weiß ich, dass ich allein bin. Der Ring ist genauso bezaubernd, wie ich ihn in Erinnerung hatte. Ich bin versucht, ihn mir über den Finger zu streifen. Stattdessen umschließe ich ihn fest, knie mich auf den Fußboden und schlage den Diamanten gegen die Fliesen. Ich nehme alle Kraft in meinem Körper zusammen und schlage noch einmal zu. Anscheinend ist es wahr, dass Diamanten ewig halten – er widersteht jedem meiner Versuche, ihn zu zerbrechen, allerdings hat der restliche Ring keinen so starken Willen. Bald liegt die Fassung in Einzelteilen auf dem Fußboden. Ohne sie wirkt der Diamant kleiner und weniger beeindruckend.

Mir wird bewusst, dass Tade mich verdächtigen wird, wenn ich den Ring nur zerstöre. Ich lasse den Diamanten in meine Hosentasche gleiten. Immerhin würde kein anständiger Dieb ihn einfach hierlassen. Außerdem wäre das Ganze lediglich eine riesige Zeitverschwendung, könnte Tade einfach eine neue Fassung kaufen. Ich mache mich auf den Weg zum Arzneischrank.

Zwanzig Minuten später stürmt Tade auf den Empfangs-schalter zu. Ich halte die Luft an. Er sieht mich an, wendet den Blick jedoch rasch wieder ab und spricht stattdessen Yinka und Bunmi an.

»Irgendjemand hat mein Sprechzimmer auf den Kopf ge-stellt und den … ein paar von meinen Sachen zerstört.«

»Was?!«, rufen wir einstimmig.

»Ist das dein Ernst?«, fügt Yinka hinzu, obwohl Tades in Falten gelegte Stirn deutlich erkennen lässt, dass etwas tat-sächlich nicht stimmt.

Wir folgen ihm in sein Sprechzimmer, und er reißt die Tür auf. Ich versuche, es mit objektivem Blick zu betrachten. Es sieht aus, als hätte jemand nach etwas gesucht und dann die Kontrolle verloren. Alle Schubladen sind herausgezogen, und der Großteil ihres Inhalts liegt auf dem Fußboden ver-streut. Der Arzneischrank steht offen, die Pillendosen sind in Unordnung gebracht, und auf seinem Schreibtisch liegen überall Akten verstreut. Als ich das Zimmer verließ, lag die zerbrochene Ringfassung noch auf dem Fußboden, aber ich kann sie nicht mehr sehen.

»Das ist ja schrecklich«, murmle ich.

»Wer würde so etwas tun?«, fragt Bunmi mit gerunzelter Stirn.

Yinka spitzt die Lippen und klatscht in die Hände. »Vorhin habe ich Mohammed zum Saubermachen hier reingehen sehen«, enthüllt sie, und ich reibe meine kribbelnden Hände an meinen Oberschenkeln.

»Ich glaube nicht, dass Mohammed – «, setzt Tade an.

»Als du dein Sprechzimmer verlassen hast, sah es noch normal aus, oder?«, unterbricht ihn Yinka.

»Ja.«

»Dann hast du einen Patienten zum Röntgen und EKG gebracht. Wie lange warst du fort?«

»Etwa vierzig Minuten.«

»Nun, ich *habe* Mohammed während dieser Zeit in dein Sprechzimmer gehen sehen. Sagen wir, er hat zwanzig Minuten damit verbracht, den Fußboden zu wischen und den Mülleimer auszuleeren. Da hätte niemand sonst genügend Zeit, das ganze Chaos hier anzurichten und wieder zu verschwinden«, schlussfolgert Yinka, die Amateur-Detektivin.

»Weshalb glaubst du, dass er so etwas tun würde?«, frage ich. Sie kann ihn schließlich nicht ohne ein Motiv hängen, oder?

»Ganz offensichtlich, um an Medikamente zu gelangen«, behauptet sie. Zufrieden mit ihren Argumenten, verschränkt sie die Arme. Es ist leicht, mit dem Finger auf Mohammed zu zeigen. Er ist arm und ungebildet. Er ist eine Putzkraft.

»Nein.« Bunmi ist diejenige, die den Mund aufmacht, Bunmi ist diejenige, die protestiert. »Das kann ich nicht hinnehmen.« Sie sieht Yinka kritisch an, und weil ich neben Yinka stehe, sieht sie auch mich kritisch an. Oder ahnt sie etwas? »Dieser Mann arbeitet schon länger hier als jede von euch beiden, und es hat noch nie ein Problem gegeben. Er würde so etwas nicht tun.« Ich habe Bunmi noch nie so leidenschaftlich sprechen sehen, oder so lange am Stück. Wir alle starren sie an.

»Medikamentenabhängige können ihre Sucht lange verheimlichen«, hält Yinka schließlich dagegen. »Wahrscheinlich ist er gerade auf Entzug oder so. Wenn solche Leute einen Schuss brauchen … wer weiß, wie lange er schon stiehlt, ohne dabei erwischt zu werden.«

Yinka glaubt an ihre Theorie, Tade ist tief in Gedanken versunken. Bunmi entfernt sich. Ich habe das Richtige getan … oder? Ich habe Tade mehr Zeit verschafft, um alles noch mal zu überdenken. Ich bin versucht, mich freiwillig zum Aufräumen zu melden, aber ich weiß, dass ich mich heraushalten sollte.

Mohammed streitet die Anschuldigungen vehement ab, wird aber dennoch gefeuert. Ich kann erkennen, dass diese Entscheidung Tade nicht recht behagt, aber die Beweislage, oder eher der Mangel an Beweisen, steht nicht zu Mohammeds Gunsten. Mich besorgt, dass Tade den zerbrochenen Ring mir gegenüber nicht erwähnt. Tatsächlich ist er überhaupt nicht mehr zu mir gekommen.

»Hey«, spreche ich ihn ein paar Tage später im Türrahmen seines Sprechzimmers stehend an.

»Was gibt's?« Er blickt nicht zu mir auf, sondern schreibt weiter etwas in seine Akte.

»Ich … ich wollte nur sichergehen, dass es dir gut geht.«

»Ja, alles in Ordnung.«

»Ich wollte dich nicht vor den anderen fragen … aber ich hoffe, der Ring wurde nicht gestohlen …«

Er hält inne und legt seinen Stift nieder. Er sieht mich zum ersten Mal an. »Doch, das wurde er, Korede.«

Ich will gerade schockiert tun und ihn bedauern, da spricht er weiter.

»Aber seltsamerweise wurden die zwei Flaschen Diazepam im Arzneischrank nicht entwendet. Die Medikamente waren vollkommen durcheinandergebracht, aber der Ring war das *Einzige*, was tatsächlich gestohlen wurde. Merkwürdiges Verhalten für einen Drogensüchtigen.«

Er blickt mir unverwandt in die Augen. Ich blinzle nicht

oder wende den Blick ab. Ich spüre, wie meine Augen austrocknen. »Sehr merkwürdig«, bringe ich hervor.

Wir starren einander noch eine Weile an, dann seufzt er und reibt sich das Gesicht. »Okay«, sagt er, wie zu sich selbst. »Okay. Gibt es sonst noch etwas?«

»Nein … nein. Überhaupt nichts.«

In dieser Nacht werfe ich den Diamanten in die Lagune der Third Mainland Bridge.

TELEFON

Wie ich herausgefunden habe, bekommt man eine Sache am besten aus dem Kopf, indem man sich staffelweise Fernsehserien anschaut. Die Stunden vergehen, während ich auf meinem Bett liege, mir Erdnüsse in den Mund stopfe und auf den Bildschirm meines Laptops starre. Ich beuge mich vor und tippe die Adresse von Femis Blog ein, bekomme jedoch nur eine Fehlermeldung zu Gesicht. Sein Blog wurde aus dem Netz genommen. Für die Online-Welt existiert er nicht länger, und damit auch für mich nicht. Nun ist er im Tod außerhalb meiner Reichweite, so wie er es auch zu Lebzeiten war.

Mein Telefon vibriert, und ich erwäge, es zu ignorieren, greife dann aber doch danach und ziehe es zu mir heran.

Es ist Ayoola.

Mein Herz setzt einen Schlag aus.

»Hallo?«

»Korede.«

#2: PETER

»Korede, er ist tot.«

»Was?«

»Er ist …«

»Was zum Teufel? Was sagst du da? Er ist … du … du …«
Sie brach in Tränen aus.

»Bitte. Bitte. Hilf mir.«

SAAL

Ich werde Tades Wohnung zum ersten Mal betreten. Diesen Augenblick habe ich mir bereits auf verschiedenste Weise vorgestellt, allerdings niemals so. Ich hämmere gegen die Tür, und dann gleich noch einmal, da mir egal ist, wer mich hört oder sieht, solange die Tür nur rechtzeitig geöffnet wird.

Ich höre das Klicken des Schlosses und trete einen Schritt zurück. Tade steht vor mir, und obwohl mir sogleich ein Schwall klimatisierter Luft entgegenkommt, strömt ihm der Schweiß über Gesicht und Hals. Ich dränge mich an ihm vorbei und blicke mich um. Ich sehe sein Wohnzimmer, seine Küche, die Treppe. Ayoola sehe ich nicht.

»Wo ist sie?«

»Oben«, flüstert er. Ich renne die Treppe hinauf und rufe nach Ayoola, aber sie antwortet nicht. Sie darf nicht tot sein. Das darf sie einfach nicht. Ein Leben ohne sie … und falls sie tatsächlich tot ist, dann ist es meine Schuld, weil ich zu viel gesagt habe. Ich *wusste*, dass es nur so ausgehen konnte – um ihn zu retten, habe ich sie geopfert.

»Nach links«, sagt er dicht hinter mir. Ich öffne die Tür. Meine Hand zittert. Ich stehe im Schlafzimmer – das King-Size-Bett nimmt ein Drittel des Raumes ein, und von der anderen Seite höre ich ein leises Stöhnen.

Für einen Augenblick habe ich zu viel Angst, um zu reagieren. Sie ist auf dem Fußboden zusammengesackt, so ähnlich wie Femi damals, und presst sich die Hand in die Seite. Ich kann das Blut durch ihre Finger quillen sehen, während das Messer – ihr Messer – noch immer in ihr steckt. Sie sieht mich an und lächelt schwach.

»Welch Ironie«, sagt sie. Ich eile an ihre Seite.

»Sie ... sie ... hat versucht, mich umzubringen.«

Ich ignoriere ihn und nehme die Schere aus meinem Erste-Hilfe-Kasten, um die untere Hälfte meines Hemds abzuschneiden, nachdem die Verbände sich als zu dürftig erwiesen haben, um ihre Aufgabe zu erfüllen. Ich hätte am liebsten gleich einen Krankenwagen gerufen, konnte jedoch nicht riskieren, dass Tade mit irgendjemandem sprach, ehe ich bei ihr war.

»Ich habe das Messer nicht herausgezogen«, sagt sie.

»Braves Mädchen.«

Ich forme meine Jacke zu einem Kissen und helfe ihr, sich hinzulegen. Sie stöhnt erneut auf, und es fühlt sich an, als würde mir jemand das Herz zermalmen. Ich nehme ein Paar Einmalhandschuhe aus dem Erste-Hilfe-Kasten und streife sie über.

»Ich wollte ihr nicht wehtun.«

»Ayoola, erzähl mir, was passiert ist.« Eigentlich möchte ich gar nicht wissen, was passiert ist, aber ich muss sie am Reden halten.

»Er ... er ... hat mich geschlagen – «, setzt sie an, während ich ihr das Kleid aufschneide.

»Ich habe sie nicht geschlagen!«, protestiert Tade – der erste Mann, der in der Lage ist, sich gegen Ayoolas Anschuldigungen zu wehren.

»… dann habe ich versucht, ihn davon abzuhalten, und er hat auf mich eingestochen.«

»Sie ist mit dem Messer auf mich losgegangen! Aus dem Nichts! Scheiße!«

»Halt die Klappe!«, herrsche ich ihn an. »Du liegst gerade nicht hier und bist am Verbluten, oder?«

Ich verbinde ihr die Wunde, in der noch immer das Messer steckt. Wenn ich es herauszöge, würde ich riskieren, eine Arterie oder ein Organ zu verletzen. Ich nehme mein Telefon und rufe im Krankenhaus an. Chichi hebt ab, und ich danke insgeheim Gott, dass Yinka diese Woche keine Nachtschicht hat. Ich erkläre ihr, dass ich mit meiner Schwester kommen werde, die niedergestochen wurde, und bitte sie, Dr. Akigbe zu rufen.

»Ich werde sie tragen«, sagt Tade. Ich möchte eigentlich nicht, dass er sie anfasst, aber er ist stärker als ich.

»In Ordnung.«

Er hebt sie hoch und trägt sie die Treppe hinunter und hinaus in die Auffahrt. Sie lehnt ihren Kopf gegen seine Brust, als wären sie irgendwie noch immer ein Liebespaar. Vielleicht kann sie die Ernsthaftigkeit dessen, was hier stattgefunden hat, noch nicht begreifen.

Ich öffne die hintere Tür meines Wagens, und er legt sie auf die Rückbank. Ich setze mich rasch auf den Fahrersitz. Er erklärt, er wolle uns in seinem Wagen folgen, und da ich ihn ohnehin nicht davon abhalten kann, nicke ich. Es ist vier Uhr morgens, also ist nur wenig Verkehr auf den Straßen und keine Polizei in Sicht. Das nutze ich voll aus und rase mit hundertdreißig Kilometern pro Stunde durch die Straßen. Wir erreichen das Krankenhaus in zwanzig Minuten.

Chichi und das Notfallteam erwarten uns am Eingang. »Was ist passiert?«, fragt Chichi, während zwei Träger meine kleine Schwester auf eine Trage gleiten lassen. Sie hat das Bewusstsein verloren.

»Was ist *passiert*?«, wiederholt sie mit Nachdruck.

»Sie wurde niedergestochen.«

»Von wem?«

Auf halbem Weg durch den Korridor taucht Dr. Akigbe auf. Er fühlt ihren Puls und bellt den Krankenschwestern dann Befehle zu. Während meine Schwester davongeschoben wird, führt er mich in einen Nebenraum.

»Kann ich nicht bei ihr bleiben?«

»Korede, Sie müssen draußen warten.«

»Aber – «

»Sie kennen die Regeln. Und für den Augenblick haben Sie getan, was Sie konnten. Sie haben nach mir gefragt, also vertrauen Sie mir.«

Er rauscht aus dem Zimmer und in den Operationssaal. Als ich auf den Flur hinaustrete, kommt Tade gerade atemlos angerannt.

»Ist sie im OP?«

Ich gebe keine Antwort. Er will nach mir greifen. »Lass das.« Er lässt die Hand sinken.

»Du weißt, dass ich das nicht wollte, oder? Wir haben um das Messer gekämpft, und ich …« Ich kehre ihm den Rücken zu und gehe zum Wasserspender. Er folgt mir. »Du hast selbst behauptet, dass sie gefährlich ist.« Ich schweige. Es gibt nichts mehr zu sagen. »Hast du irgendjemandem erzählt, was passiert ist?«, fragt er mit leiser Stimme.

»Nein«, sage ich und gieße mir einen Becher Wasser ein. Ich bin überrascht, wie ruhig meine Hand ist. »Und du wirst es auch nicht tun.«

»Was?«

»Wenn du irgendetwas über die ganze Geschichte erzählst, werde ich sagen, dass du sie angegriffen hast. Und was denkst du, wem man glauben wird? Dir oder Ayoola?«

»Du *weißt*, dass ich unschuldig bin. Du weißt, dass ich mich verteidigt habe.«

»Ich weiß, dass meine Schwester ein Messer in der Seite stecken hatte, als ich ins Zimmer kam. Mehr weiß ich nicht.«

»Sie hat versucht, mich umzubringen! Du kannst doch nicht …« Er blinzelt mich an, als würde er mich gerade zum ersten Mal sehen. »Du bist schlimmer als sie.«

»Wie bitte?«

»Mit ihr stimmt etwas nicht … aber du? Was ist deine Entschuldigung?« Damit lässt er mich voller Abscheu stehen.

Ich setze mich in den Gang vor dem Operationssaal und warte auf Neuigkeiten.

WUNDE

Dr. Akigbe kommt aus dem OP und lächelt mich an. Ich atme aus.

»Kann ich sie sehen?«

»Sie schläft. Wir bringen sie in ein Zimmer oben. Sobald sie dort eingerichtet ist, können Sie vorbeischauen.«

Ayoola wird in Zimmer 315 gesteckt, zwei Zimmer entfernt von Muhtar, der meine Schwester noch nie gesehen hat, aber mehr über sie weiß, als ich das je beabsichtigt hatte.

Sie sieht unschuldig und verletzlich aus. Ihre Brust hebt und senkt sich sanft. Irgendjemand hat ihre Dreads sorgfältig neben ihr auf dem Bett ausgebreitet.

»Wer hat ihr das angetan?« Die Stimme gehört Yinka. Sie sieht bestürzt aus.

»Ich bin nur froh, dass es ihr gut geht.«

»Wer auch immer das getan hat, sollte umgebracht werden!« Ihr Gesicht hat sich in einer Mischung aus Zorn und Verachtung verzogen. »Wenn du nicht gewesen wärst, wäre sie wahrscheinlich gestorben!«

»Ich … ich …«

»Ayoola!« Meine Mum stürmt herein, krank vor Sorge. »Mein Baby!« Sie beugt sich über das Bett und senkt ihre Wange über den Mund ihrer bewusstlosen Tochter – um ihren Atem zu spüren, wie sie es auch manchmal tat, als Ayoola noch ein Baby war. Als sie sich wieder aufrichtet, weint sie. Sie stolpert auf mich zu, und ich lege meine Arme um sie. Yinka entschuldigt sich.

»Korede, was ist geschehen? Wer hat das getan?«

»Sie hat mich angerufen. Ich bin hingefahren, um sie abzuholen. Sie hatte das Messer im Körper stecken.«

»Wo hast du sie abgeholt?«

Ayoola stöhnt, und wir drehen uns beide nach ihr um, aber sie schläft noch immer und widmet sich sogleich wieder der Aufgabe des Ein- und Ausatmens.

»Wenn sie aufgewacht ist, wird Ayoola uns sicher berichten können, was passiert ist.«

»Aber wo hast du sie gefunden? Weshalb willst du es mir nicht sagen?« Ich frage mich, was Tade gerade macht, was er denkt, und was er als Nächstes tun wird. Ich versuche, Ayoola durch reine Willenskraft zum Aufwachen zu bewegen, damit wir uns darauf einigen können, welche Geschichte wir erzählen sollen. Alles außer der Wahrheit.

»Sie war bei Tade … Ich glaube, er hat sie dort so gefunden.«

»Tade? Ist jemand bei ihm eingebrochen? Könnte … könnte *Tade* es getan haben?«

»Ich weiß es nicht, Mum.« Ich bin plötzlich erschöpft. »Wir fragen Ayoola, wenn sie aufwacht.« Mum runzelt die Stirn, sagt aber nichts. Im Augenblick können wir nichts tun als warten.

STÜHLE

Das Krankenhauszimmer ist ordentlich, und zwar hauptsächlich deshalb, weil ich die letzten dreißig Minuten damit verbracht habe, es aufzuräumen. Die Teddybären, die ich von zu Hause mitgebracht habe, sitzen am Fußende des Bettes nach Farben sortiert aufgereiht – gelb, braun, schwarz. Ayoolas Telefon ist voll aufgeladen, das Ladegerät mit seinem Kabel umwickelt in ihrer Tasche verstaut – deren Inhalt neu zu ordnen ich mir ebenfalls erlaubt habe. In ihrer Tasche herrschte das reinste Chaos: benutzte Taschentücher, Kassenzettel, Kekskrümel, Geldscheine aus Dubai und Bonbons, die angelutscht und wieder eingewickelt worden waren. Ich nehme einen Stift zur Hand und schreibe alle Dinge auf, die ich weggeworfen habe, falls sie nach ihnen fragt.

»Korede?«

Ich halte in der Bewegung inne und blicke Ayoola an, deren große leuchtende Augen auf mich gerichtet sind.

»Hey … du bist wach. Wie fühlst du dich?«

»Schrecklich.«

Ich stehe auf und bringe ihr einen Becher Wasser. Ich führe ihn an ihre Lippen, und sie trinkt.

»Besser?«

»Ein bisschen … Wo ist Mum?«

»Sie ist zum Duschen nach Hause gegangen. Sie sollte bald zurück sein.«

Ayoola nickt und schließt dann die Augen. Innerhalb der nächsten Minute ist sie wieder eingeschlafen.

Als Ayoola das zweite Mal aufwacht, ist sie aufgeweckter. Sie sieht sich um, nimmt ihre Umgebung wahr. Ich glaube nicht, dass sie je zuvor in einem Krankenhauszimmer gewesen ist. Sie hatte nie etwas Schlimmeres als eine gewöhnliche Erkältung, und alle ihr nahestehenden Personen sind gestorben, ehe sie ein Krankenhaus hätten erreichen können.

»Es ist so öde …«

»Möchten Sie, dass Ihnen jemand ein Graffiti an die Wand malt, o große Königin?«

»Nein, kein Graffiti … *Kunst.*« Ich lache, und sie stimmt ein. Jemand klopft an die Tür, aber bevor wir etwas sagen können, geht sie auch schon auf.

Es ist die Polizei. Ein anderes Polizistenpaar als die beiden, die uns nach Femi befragten. Eine Frau. Sie marschieren auf direktem Wege auf Ayoola zu, aber ich halte sie auf.

»Entschuldigen Sie, kann ich Ihnen helfen?«

»Man hat uns mitgeteilt, dass sie niedergestochen wurde.«

»Ja?«

»Wir möchten nur ein paar Fragen stellen, um herauszufinden, wer es war«, erwidert die Frau und späht über meine Schulter, während ich versuche, sie hinauszudrängen.

»Es war Tade«, sagt Ayoola. Einfach so. *Es war Tade.* Sie hält nicht inne oder zögert. Sie hätte nicht entspannter klingen können, wenn man sie nach dem Wetter gefragt hätten. Der Boden unter meinen Füßen beginnt zu schwanken, so dass ich nach einem Stuhl greife und mich auf ihn sinken lasse.

»Und wer ist dieser Tade?«

»Er ist einer der Ärzte hier«, meldet sich meine Mutter zu Wort, die wie aus dem Nichts aufgetaucht ist. Sie sieht mich seltsam an und versucht wahrscheinlich zu verstehen, weshalb ich so aussehe, als müsste ich mich gleich übergeben. Ich hätte sofort mit Ayoola sprechen sollen, als sie zum ersten Mal aufgewacht war.

»Können Sie uns sagen, was geschehen ist?«

»Er hat mir einen Antrag gemacht, und ich habe abgelehnt, da ist er ausgerastet. Er ist auf mich losgegangen.«

»Wie ist Ihre Schwester zu Ihnen gelangt?«

»Er ging aus dem Zimmer, und dann habe ich sie angerufen.« Sie werfen mir einen Blick zu, stellen mir jedoch keine Fragen, was auch gut ist, da ich wahrscheinlich nichts Zusammenhängendes hervorbringen würde.

»Vielen Dank, Ma'am. Wir sind bald wieder zurück.«

Sie eilen aus dem Zimmer, zweifellos, um Tade ausfindig zu machen.

»Ayoola, was tust du denn da?«

»Was soll das heißen, was sie da tut? Dieser Mann hat deine Schwester niedergestochen!«

Ayoola nickt heftig, ebenso empört wie unsere Mutter.

»Ayoola, hör mir zu. Du wirst das Leben dieses Mannes ruinieren.«

»Er oder ich, Korede.«

»Ayoola …«

»Du kannst nicht ewig zwischen den Stühlen sitzen.«

BILDSCHIRM

Als ich Muhtars Frau das nächste Mal sehe, steht sie im Korridor gegen die Wand gelehnt. Ihre Schultern beben, aber ihren Lippen entweicht kein Ton. Hat ihr nie jemand gesagt, wie schmerzhaft es ist, stumm zu weinen?

Sie spürt, dass sie nicht allein ist, lässt die Schultern sinken und blickt auf. Ihre Augen verengen sich, und ihr Mund verzerrt sich zu einem spöttischen Grinsen, aber sie wischt sich den Rotz nicht ab, der ihr aus der Nase über die Lippe läuft. Ich trete unwillkürlich ein paar Schritte zurück. Ich will mich nicht von ihrer Trauer anstecken lassen, ich habe gerade genügend eigene Probleme.

Sie rafft ihr Kleid und drängt sich in einer Wolke aus Spitze und Jimmy Choo L'Eau an mir vorbei. Absichtlich stößt sie mich mit der spitzen Stelle ihrer knochigen Schulter an. Ich frage mich, wo ihr Schwager ist, weshalb er sich nicht an ihrer Seite befindet. Ich versuche, den penetranten Geruch von Parfüm und Traurigkeit nicht einzuatmen, und betrete Zimmer 313.

Muhtar sitzt auf seinem Bett und hält die Fernbedienung auf den Fernseher gerichtet. Als er mich sieht, lässt er sie sinken und schenkt mir kurz ein warmes Lächeln, auch wenn seine Augen müde aussehen.

»Ich habe auf dem Weg hierher Ihre Frau gesehen.«

»Oh?«

»Sie hat geweint.«

»Oh.«

Ich warte darauf, dass er noch etwas hinzufügt, aber er greift stattdessen erneut nach der Fernbedienung und zappt weiter durch die Kanäle. Was ich ihm gerade erzählt habe, scheint ihn weder zu überraschen noch zu beunruhigen. Oder besonders zu interessieren. Ich hätte ihm ebenso gut berichten können, ich hätte auf dem Weg zur Arbeit einen Mauergecko gesehen.

»Haben Sie sie überhaupt geliebt?«

»Vor langer Zeit einmal …«

»Vielleicht liebt sie Sie noch immer.«

»Sie weint nicht meinetwegen«, sagt er, und seine Stimme verhärtet sich. »Sie weint um ihre verlorene Jugend, ihre verpassten Gelegenheiten und ihre begrenzten Möglichkeiten. Sie weint nicht meinetwegen, sie weint ihretwegen.«

Er entscheidet sich für einen Sender – NTA. Es ist, als würde man sich eine Fernsehsendung aus den Neunzigern ansehen: Die Reporterin hat einen graugrünen Farbton, und die Übertragung flackert und springt. Wir starren beide auf den Bildschirm, auf die vorbeirasenden Danfo-Busse und die Passanten, die ihre Hälse recken, um zu sehen, was gefilmt wird. Er hat den Ton auf lautlos gestellt, daher habe ich keine Ahnung, was vor sich geht.

»Ich habe gehört, was mit Ihrer Schwester passiert ist.«

»Neuigkeiten verbreiten sich schnell hier drinnen.«

»Es tut mir leid.«

Ich lächele ihn an. »Wahrscheinlich war es nur eine Frage der Zeit.«

»Sie hat wieder versucht, jemandem etwas anzutun.«

Ich sage nichts – er hat es ja schließlich auch nicht als Frage formuliert. Auf dem Fernsehbildschirm ist die Frau nun stehengeblieben, um einen Passanten zu interviewen, und sein Blick huscht ständig zwischen ihr und der Kamera hin und her, als wüsste er nicht recht, wem er seine Argumente vorbringen soll.

»Wissen Sie, Sie können es schaffen.«

»Was schaffen?«

»Sich zu befreien. Sagen Sie die Wahrheit.«

Ich spüre nun seinen Blick auf mir ruhen. Das Fernsehbild verwischt langsam. Ich blinzle, blinzle erneut und schlucke. Keine Worte kommen heraus. Die Wahrheit. Die Wahrheit ist, dass meine Schwester unter meiner Aufsicht verletzt wurde, wegen etwas, das ich gesagt habe, und dass ich es bereue.

Er spürt mein Unbehagen und wechselt das Thema. »Ich werde morgen entlassen.«

Ich wende mich ihm zu und begegne seinem Blick. Natürlich wird er nicht für immer hierbleiben. Er ist kein Stuhl oder Bett oder Stethoskop; er ist ein Patient, und Patienten verlassen das Krankenhaus – lebend oder tot. Und doch verspüre ich so etwas wie Überraschung, so etwas wie Furcht.

»Ach ja?«

»Ich möchte nicht den Kontakt verlieren«, erklärt er.

Es ist komisch, in körperlichem Kontakt zu Muhtar war ich bislang nur, während er schlief oder sich auf der Schwelle zwischen Leben und Tod befand, als es nötig war, seinen Körper für ihn zu bewegen. Nun dreht er den Kopf eigenständig zurück in Richtung Bildschirm.

»Vielleicht können Sie mir Ihre Nummer geben, dann kann ich Ihnen bei WhatsApp schreiben?«

Ich weiß nicht, was ich sagen soll. Existiert Muhtar außerhalb dieser Wände überhaupt? Wer ist er? Abgesehen von einem Mann, der meine tiefsten Geheimnisse kennt. Und Ayoolas. Er hat eine seltsam europäische Nase, dieser Hüter von Geheimnissen. Sie ist spitz und lang. Ich frage mich, welche Geheimnisse er selbst wohl hat. Allerdings weiß ich noch nicht einmal, welche Hobbys er hat, welche Zwänge er hat und wo er nachts seinen Kopf bettete, ehe er auf einer Trage ins Krankenhaus gebracht wurde.

»Oder ich gebe Ihnen meine Nummer, dann können Sie mich anrufen, wann immer Sie jemanden zum Reden brauchen.«

Ich nicke. Ich bin mir nicht sicher, ob er das Nicken sieht. Er hat den Blick noch immer auf den Bildschirm geheftet. Ich beschließe, zu gehen. An der Tür drehe ich mich noch einmal um. »Vielleicht liebt Ihre Frau Sie noch immer.« Er seufzt. »Man kann die Worte nicht mehr zurücknehmen, wenn sie einmal ausgesprochen wurden.«

»Welche Worte?«

»Ich lasse mich von dir scheiden. Ich lasse mich von dir scheiden. Ich lasse mich von dir scheiden.«

SCHWESTER

Ayoola liegt auf ihrem Bett und verbiegt ihren Körper so, dass sie ihre Verletzung auf Snapchat präsentieren kann. Ich warte, bis sie fertig ist, und schließlich zieht sie ihr Oberteil wieder über die Naht, legt ihr Telefon zur Seite und grinst mich an. Sie trägt Baumwollshorts und ein weißes Unterhemd, und sie hält einen der Plüschbären im Arm.

»Wirst du mir erzählen, was passiert ist?«

Auf dem Nachttisch steht eine geöffnete Schachtel mit Süßigkeiten, ein Gute-Besserung-Geschenk. Sie holt einen Lolli heraus, wickelt ihn aus, steckt ihn sich in den Mund und lutscht nachdenklich daran herum.

»Zwischen Tade und mir?«

»Ja.«

Sie lutscht weiter.

»Er hat gesagt, du hättest seinen Ring zerstört. Meinte, du würdest mich aller möglichen Dinge beschuldigen und hättest vielleicht etwas mit dem Verschwinden meines Ex zu tun …«

»Was … was … hast du gesagt?«

»Ich habe ihm gesagt, dass er verrückt ist. Aber er meinte, du wärst wirklich eifersüchtig auf mich und hättest eine Art von … ähmmm … latenter Wut … und ob es nicht sein könnte, dass« – sie macht eine dramatische Pause – »dass du zurückgegangen bist, nachdem wir gegangen waren, weißt du, um mit Femi zu sprechen …«

»Er glaubt, ich hätte Femi umgebracht?!« Ich packe Ayoolas Arm, auch wenn sie in diesem Fall keine Schuld trifft. Wie konnte er glauben, dass ich zu so etwas fähig wäre?

»Schräg, oder? Dabei habe ich ihm noch nicht einmal von Femi erzählt. Nur von Gboye. Vielleicht hat er es auf Insta gesehen. Wie auch immer, er schien dich anzeigen zu wollen, oder so … Da habe ich getan, was ich tun musste.« Sie zuckt die Achseln. »Oder ich habe es zumindest versucht.«

Sie schnappt sich wieder einen Bären, vergräbt ihren Kopf darin und schweigt.

»Und dann?«

»Als ich dann auf dem Boden lag, meinte er so: O mein Gooooottt, Korede hat die Wahrheit gesagt. Was *hast* du zu ihm gesagt, Ko-re-de?«

Sie hat es für mich getan und wurde am Ende verletzt, weil ich sie verraten habe. Mir wird schwindelig. Ich möchte nicht zugeben, dass ich das Wohlergehen eines Mannes über ihres gestellt habe. Ich möchte nicht beichten, dass ich zugelassen habe, dass er sich zwischen uns stellt, nachdem sie sich eindeutig für mich statt für ihn entschieden hatte. »Ich … ich habe ihm gesagt, du seist gefährlich.«

Sie seufzt und fragt: »Was denkst du, wie es nun weitergehen wird?«

»Es wird Ermittlungen geben.«

»Wird man seine Geschichte glauben?«

»Ich weiß es nicht … Es steht sein Wort gegen deines.«

»Gegen unseres, Korede. Es steht sein Wort gegen *unseres*.«

VATER

Bei den Yoruba ist es Brauch, Zwillinge Taiwo und Kehinde zu nennen. Taiwo ist der ältere Zwilling, der zuerst herauskommt. Kehinde ist also der zweitgeborene Zwilling. Aber Kehinde ist zugleich ebenfalls der ältere Zwilling, weil er zu Taiwo sagt: »Geh du zuerst raus und teste die Welt für mich.«

So hat mit Sicherheit Vater seine Position als zweiter Zwilling angesehen. Und Aunty Taiwo war damit einverstanden – sie tat alles, was er ihr sagte, und setzte bedingungsloses Vertrauen in alles, was er tat. Und weil sie so bedingungslos tat, was man ihr sagte, fand sie sich an jenem Montag, bevor unser Vater starb, in unserem Haus wieder und schrie mich an, Ayoola loszulassen.

»Nein!«, brüllte ich und zog Ayoola noch fester an mich. Mein Vater war nicht da, und auch wenn ich wusste, dass ich später für meine Sturheit würde bezahlen müssen, war später noch eine Weile entfernt. Seine Abwesenheit in jenem Augenblick verlieh mir Mut, und die Aussicht auf seine Rückkehr machte mich fest entschlossen.

»Dein Vater wird davon hören«, drohte Aunty Taiwo. Aber das war mir egal. Ich hatte bereits begonnen, einen Plan für Ayoolas und meine Flucht zu entwickeln. Ayoola klammerte sich noch fester an mich, auch wenn ich ihr versprach, sie niemals loszulassen.

»Bitte«, murmelte Mutter aus einer Ecke des Zimmers. »Sie ist noch zu jung.«

»Dann hätte sie nicht mit dem Gast ihres Vaters flirten sollen.«

Mein Mund klappte ungläubig auf. Was für Lügen hatte mein Vater herumerzählt? Und weshalb beharrte er darauf, Ayoola solle den Chief allein bei sich zu Hause aufsuchen? Ich musste die Frage laut geäußert haben, denn Aunty Taiwo erwiderte: »Sie wird nicht allein sein, ich werde dabei sein.« Als ob das in irgendeiner Form beruhigend wäre. »Ayoola, es ist wichtig, dass du das für deinen Vater tust«, sagte sie mit schmeichelnder Stimme. »Diese geschäftliche Angelegenheit ist von entscheidender Bedeutung. Wenn er den Auftrag bekommt, kauft er dir jedes Telefon, das du willst. Ist das nicht aufregend?!«

»Zwing mich nicht zu gehen«, weinte Ayoola.

»Du gehst nirgendwo hin«, versicherte ich ihr.

»Ayoola«, beschwor Aunty Taiwo sie, »du bist kein Kind mehr. Deine Menstruation hat bereits eingesetzt. Viele Mädchen würden sich darüber freuen. Dieser Mann wird dir alles geben, was du willst. Alles.«

»Alles?«, fragte Ayoola zwischen zwei Schluchzern. Ich gab ihr eine Ohrfeige, um sie wieder zur Besinnung zu bringen. Aber ich verstand. Die Hälfte ihrer Angst kam von meiner Angst. Sie wusste eigentlich gar nicht, was sie von ihr verlangten. Zugegeben, sie war vierzehn, aber vierzehn damals war jünger als vierzehn heute.

Es war das letzte Geschenk meines Vaters an uns. Diese Abmachung, die er mit einem anderen Mann getroffen hatte.

Aber er hatte auch seine Stärke an mich weitergegeben, und ich entschied, dass er seinen Willen nicht bekommen würde, diesmal nicht. Ich trug die Verantwortung für Ayoola, und zwar ganz allein.

Ich schnappte mir den Stock von seiner Ablage und wedelte damit vor mir herum. »Aunty, wenn du uns zu nahe kommst, werde ich dich mit diesem Stock schlagen, und ich werde nicht aufhören, bis er nach Hause kommt.«

Sie wollte mich sogleich auf die Probe stellen. Sie war größer als ich, schwerer als ich – aber als sie mir in die Augen blickte, trat sie ein paar Schritte zurück. Ermutigt holte ich zum Schlag gegen sie aus. Sie wich weiter zurück. Ich ließ Ayoola los und jagte Aunty Taiwo den Stock schwingend aus dem Haus. Als ich zurückkehrte, zitterte Ayoola.

»Er wird uns umbringen«, schluchzte sie.

»Nicht, wenn wir ihn vorher umbringen.«

WAHRHEIT

»Dr. Otumu behauptet, er habe in Notwehr gehandelt und Sie könnten es bestätigen. Er sagt, ich zitiere: ›Sie hat mich gewarnt, dass Ayoola schon einmal jemanden umgebracht habe.‹ Ms Abebe, hat Ihre Schwester schon einmal jemanden umgebracht?«

»Nein.«

»Wie haben Sie es dann gemeint, als Sie ihm erzählten, Ihre Schwester habe schon einmal jemanden umgebracht?« Die Polizisten, die mich befragen, sind wortgewandt und gebildet. Aber das ist eigentlich keine Überraschung. Tade ist ein talentierter Arzt an einem renommierten Krankenhaus und Ayoola eine schöne Frau aus »guten« Verhältnissen. Der Fall schreit förmlich nach öffentlichem Interesse. Meine Hände ruhen verschränkt in meinem Schoß. Ich hätte sie lieber auf den Tisch gelegt, aber der Tisch ist schmutzig. Meine Lippen umspielt ein leichtes Lächeln, da ich sie bei Laune halte und sie auch wissen sollen, dass ich sie bei Laune halte – jedoch ist mein Lächeln nicht breit genug, um anzudeuten, dass ich die Umstände in irgendeiner Form lustig fände. Mein Kopf ist vollkommen klar.

»Ein Mann ist während einer Reise mit meiner Schwester an einer Lebensmittelvergiftung gestorben. Ich war sauer, dass sie mit ihm weggefahren ist, weil er verheiratet war. Ich glaubte, das Handeln der beiden habe zu seinem Tod geführt.«

»Was ist mit ihrem Ex-Freund?«

»Tade?«

»Femi, der Verschwundene.«

Ich beuge mich vor, und meine Augen leuchten auf. »Ist er zurückgekommen? Hat er etwas gesagt?«

»Nein.«

Ich runzle die Stirn, lehne mich zurück und senke den Blick. Wenn ich könnte, würde ich eine Träne herauspressen, aber ich konnte noch nie auf Stichwort weinen.

»Weshalb glauben Sie also, sie hätte irgendetwas damit zu tun?«

»Wir vermuten, dass – «

»Aus Hundert Vermutungen wird noch kein Beweis. Sie ist knapp einen Meter sechzig. Was glauben Sie denn, was Sie mit ihm getan hat, falls sie ihn angegriffen hat?«

»Sie glauben also, sie könnte ihn angegriffen haben?«

»Nein. Meine Schwester ist die liebste Person, der Sie je begegnen werden. Haben Sie sie schon einmal gesehen?« Sie rutschen unbehaglich auf ihren Stühlen herum. Sie haben sie bereits gesehen. Sie haben ihr in die Augen geblickt und hatten Fantasievorstellungen von ihr. Sie sind alle gleich.

»Was glauben Sie, was an jenem Tag geschehen ist?«

»Ich weiß nur, dass er sie mit einem Messer angegriffen hat, und dass sie unbewaffnet war.«

»Er sagte, sie hätte das Messer mitgebracht.«

»Warum sollte sie das tun? Woher sollte sie denn wissen, dass er auf sie losgehen würde?«

»Das Messer ist verschwunden. Schwester Chichi behauptet, sie habe es eingetragen, nachdem es während der Operation entfernt wurde. Sie hätten gewusst, wo es aufbewahrt wurde.«

»Das wissen alle Krankenschwestern … und alle Ärzte.«

»Wie lange kennen Sie Dr. Otumu schon?«

»Noch nicht sehr lange.«

»Haben Sie ihn je gewalttätig erlebt?« Als ich mein Outfit auswählte, entschied ich mich für ein hellgraues Kostüm. Es ist förmlich, feminin und eine subtile Erinnerung daran, dass die Polizisten und ich nicht aus derselben gesellschaftlichen Schicht stammen.

»Nein.«

»Sie geben also zu, dass es untypisch für ihn ist …«

»Ich denke, ich habe Ihnen gerade eben gesagt, dass ich ihn noch nicht sehr lange kenne.«

FORT

Muhtar ist nach Hause gegangen, um sein Leben noch einmal von Neuem zu beginnen. Zimmer 313 ist leer. Dennoch sitze ich dort, auf dem Platz, den ich normalerweise einnahm, als Muhtar sich noch im Reich zwischen Leben und Tod befand. Ich stelle ihn mir auf dem Bett vor und verspüre ein intensives Gefühl des Verlusts, noch stärker als jenes, das ich für Tade verspüre, der ebenfalls fort ist.

Ihm wurde die Zulassung entzogen, und er muss wegen Körperverletzung ein paar Monate im Gefängnis verbringen. Es hätte viel schlimmer kommen können, aber viele Menschen bezeugten, er sei freundlich und habe nie auch nur einen Anflug von Gewalttätigkeit gezeigt. Die Tatsache, dass er Ayoola niedergestochen hat, ließ sich jedoch nicht leugnen. Und die Gesellschaft verlangte, dass er dafür bezahlte.

Ich habe ihn seit dem Tag, an dem es geschah, nicht mehr gesehen. Er wurde suspendiert, sobald sie ihn beschuldigt hatte, also weiß ich nicht, was er denkt oder fühlt. Aber es kümmert mich auch nicht besonders. Sie hatte recht. Man muss sich für eine Seite entscheiden, und ich habe meine Wahl schon vor langer Zeit getroffen. Sie wird immer für mich da sein, und ich werde immer für sie da sein, nichts anderes zählt.

Muhtar hat mir seine Nummer gegeben. Er schrieb sie auf einen Zettel, den ich in die Tasche meines Krankenhauskittels steckte.

Ich spiele noch immer mit dem Gedanken, Ayoola mitzuteilen, dass da draußen jemand herumläuft, der ihr Geheimnis kennt. Dass unsere Taten jederzeit öffentlich gemacht werden könnten. Aber ich denke nicht, dass ich es tun werde.

Das Laken auf Muhtars Bett ist noch nicht gewechselt worden. Das kann ich erkennen. Ich kann ihn noch immer im Zimmer riechen – diesen frisch geduschten Geruch, den er in jenen Tagen verströmte, als er bei Bewusstsein war. Ich schließe eine Weile meine Augen und lasse meinen Gedanken freien Lauf.

Kurze Zeit später greife ich nach dem Zimmertelefon und wähle die Nummer für den vierten Stock.

»Bitte schick Mohammed herunter, in Zimmer 313.«

»Mohammed ist fort, Ma.«

»Oh … ja, natürlich. Schick Assibi.«

#5

743 5555

Ich habe seine Nummer dreimal eingegeben und dreimal wieder gelöscht. Der Zettel, auf dem seine Nummer steht, ist nicht mehr so glatt wie einst.

Aber langsam vergesse ich bereits, wie seine Stimme klingt.

Es klopft an meiner Tür.

»Herein.«

Das Hausmädchen öffnet die Tür einen Spaltbreit und steckt den Kopf herein. »Ma, Mummy sagt, ich solle Sie rufen. Unten ist Besuch.«

»Wer ist es?«

»Es ist ein Mann.«

Ich lasse sie gehen, als mir klar wird, dass sie mir nicht mehr sagen kann.

Sie schließt meine Zimmertür, und ich starre auf den Zettel mit Muhtars Nummer. Ich zünde eine Kerze auf meinem Nachttisch an und halte das Papier über die Flamme, bis die Ziffern von der Schwärze geschluckt werden und das Feuer meine Fingerspitzen berührt. Es wird nie wieder einen Muhtar geben, das weiß ich. Es wird keine weitere Gelegenheit geben, meine Sünden zu beichten, keine weitere Chance, mich loszusprechen von den Verbrechen der Vergangenheit

… oder denen der Zukunft. Sie verschwinden gemeinsam mit dem sich einrollenden Papier, weil Ayoola mich braucht. Sie braucht mich dringender, als ich unbefleckte Hände brauche.

Als ich fertig bin, stelle ich mich vor den Spiegel. Ich bin nicht gerade passend angezogen, um Gäste zu empfangen – ich trage einen Bubu und einen Turban –, aber wer es auch ist, wird mich so nehmen müssen, wie ich bin.

Ich nehme die Hintertreppe und bleibe vor dem Gemälde stehen. Ich erhasche einen Blick auf den flüchtigen Schatten der Frau, und für einen Moment fühlt es sich an, als würde sie mich von einem Punkt aus beobachten, den ich nicht einsehen kann. Der Rahmen kippt ein bisschen nach links; ich rücke ihn gerade und gehe weiter. Unser Hausmädchen huscht mit einer Vase voll Rosen an mir vorbei – die sichere Wahl der Einfallslosen, aber ich schätze, Ayoola wird sich freuen.

Sie sind im Wohnzimmer: meine Mum, Ayoola und der Mann. Alle drei blicken auf, als ich eintrete.

»Das ist meine Schwester, Korede.«

Der Mann lächelt. Ich lächle zurück.

DANKSAGUNG

Als Erstes danke ich Gott.

An Clare Alexander, ich danke dir, denn ohne dich und deine Einsichten würde ich noch immer in der Ecke meines Zimmers brüten und darauf warten, dass »der Roman« endlich zu mir kommt. Du bist meine gute Agentinnenfee. Vielen Dank an alle bei Aitken Alexander, für eure Bemühungen und eure Aufmerksamkeit. Ich weiß euch wirklich zu schätzen.

An Margo Shickmanter, meine US-Lektorin, und James Roxburgh, meinen englischen Lektor, vielen Dank für eure Geduld, eure Wärme und euer Verständnis. Danke, dass ihr an dieses Buch und an mich geglaubt habt. Danke, dass ihr mich ermutigt habt, über mich hinauszuwachsen; ich denke, das Buch ist dadurch viel besser geworden.

Jeden Tag lerne ich, wie viel Arbeit in die Veröffentlichung eines Buches gesteckt wird, deshalb möchte ich dem Team von Doubleday und dem Team von Atlantic für ihre Zeit und Mühe danken.

Emeka Agbakuru, Adebola Rayo, vielen Dank fürs Lesen, Lesen und nochmals Lesen. Es ist ein Segen, euch als Freunde bezeichnen zu können.

Obafunke Braithwaite, du bist eine Nervensäge, aber ohne

dich wäre die Erfahrung, eine veröffentlichte Autorin zu werden, ziemlich überwältigend gewesen.

Ich danke Ayobami Adebayo dafür, dass sie sich die Zeit genommen hat, meinem Yoruba die Akzente hinzuzufügen. Eines Tages werde ich es so fließend beherrschen wie eine Lagos-Ziege.